TASCABILI BOMPIANI 258

Di John Steinbeck
nei Tascabili Bompiani

**FURORE
PIAN DELLA TORTILLA
LA BATTAGLIA
VICOLO CANNERY
LA CORRIERA STRAVAGANTE
LA PERLA**

JOHN STEINBECK
UOMINI E TOPI

Traduzione di Cesare Pavese

BEST SELLER

Titolo originale
OF MICE AND MEN

ISBN 978-88-452-5008-8

© 1937 by John Steinbeck
© 1938/2007 RCS Libri S.p.A.
Via Mecenate 91 - 20138 Milano

XIX edizione Tascabili Bompiani aprile 2007

PARTE PRIMA

Poche miglia a sud di Soledad, il Salinas capita sotto le falde dei colli, dove scorre verde e profondo. L'acqua è anche tiepida, perché è sgusciata sfavillando sulle sabbie gialle nel sole, prima di giungere alla stretta pozza. Su una riva del fiume i pendii dorati del contrafforte salgono dolcemente ai monti Gabilan forti e rocciosi; ma a valle l'acqua è orlata di piante: salici verdi e novelli ad ogni primavera, ingombre le forche dei rami bassi dal tritume della piena invernale, e sicomori dalle candide e screziate braccia penzolanti e dalle fronde arcuate sulla corrente. Sulla riva sabbiosa sotto gli alberi giacciono le foglie disseccate in strato cosí alto, che la lucertola fa un grande trepestío correndovi in mezzo. I conigli escono dalla macchia a sedersi sulla sabbia nella sera, e le radure acquitrinose sono disseminate delle tracce notturne dei tassi, delle larghe zampate dei cani dei *ranches* e delle orme a cuneo dei daini che vengono a bere all'ombra.

C'è un sentiero in mezzo ai salici e fra i sicomori, un sentiero battuto e ribattuto da tutti i ragazzi, che scendono dai *ranches* a bagnarsi nella pozza profonda, e dai vagabondi che si calano straccamente dallo stradale nella sera ad accamparsi accanto all'acqua. Di fronte al braccio orizzontale di un sicomoro gigantesco c'è un mucchio di cenere, residuo di molti fuochi, e il braccio è levigato e consunto, tanti uomini si sono seduti là sopra.

La sera di una torrida giornata mosse il venticello ad agitarsi tra le foglie. L'ombra scalava i colli verso la vetta. Sulle sponde sabbiose i conigli sedevano cheti come piccole pietre grigie scolpite. Ed ecco che dalla parte della strada statale venne un rumore di passi sulle foglie secche di sicomoro. I conigli balzarono silenziosamente in cerca di riparo. Un airone appollaiato sulle zampe si levò pesantemente nell'aria, sbatacchiando le ali, giú per il fiume. Per un attimo, il luogo fu privo di ogni vita; poi due individui emersero dal sentiero e giunsero nella radura presso la pozza verde.

Erano scesi per il sentiero in fila indiana, e anche nello spazio aperto restavano l'uno dietro l'altro. Vestivano, tutti e due, pantaloni di tela e giacche di tela coi bottoni d'ottone. Tutti e due avevano un cappello nero e informe, e portavano uno stretto rotolo di coperte buttato sulla spalla.

Il primo dei due era basso e vivace, fosco in viso, dagli occhi impazienti, dai tratti taglienti e vigorosi. Tutto in lui era risoluto: mani piccole e forti, braccia smilze, naso sottile e ossuto. Dietro gli camminava il suo opposto, un giovanottone dal viso informe, occhi grandi e pallidi, spalle ampie e cascanti; e camminava pesantemente, trascinando un poco i piedi, a quel modo che un orso strascina le zampe. Le braccia non gli scattavano ai fianchi, ma ciondolavano molli.

Il primo dei due si fermò bruscamente nella radura, e l'altro che lo seguiva, quasi gli cadde addosso. Si trasse di testa il cappello e passò l'indice sul nastro interno sudato, scagliandone via le gocciole. Il suo gigantesco compagno lasciò cadere le coperte e si buttò innanzi disteso, bevendo a fior d'acqua nella pozza verde; bevendo a lunghe sorsate, sbruffando nell'acqua come un cavallo. L'uomo piccolo gli venne nervosamente al fianco.

"Lennie!", disse seccamente. "Lennie, santo Dio, non bere tanto." Lennie continuava a sbruffare nella pozza. L'uomo piccolo si piegò innanzi e lo scrollò per la spalla. "Lennie. Starai poi male come l'altra notte."

Lennie tuffò tutta la testa, cappello compreso, e poi si sedette sulla sponda, col cappello che gli grondava sulla giacca turchina e sgocciolava giú per la schiena. "Com'è buona," disse. "Bevi un poco, George. Bevi una bella sorsata." Sorrideva beato.

George si sfilò il fardello e lo depose piano sulla riva. "Chi sa se è davvero buona," disse. "Sembra ci sia la schiuma."

Lennie cacciò la sua manona nell'acqua dimenando le dita, cosicché l'acqua schizzava saltando; i cerchi si allargavano attraverso la pozza fino alla riva e tornavano indietro. Lennie li osservava scorrere. "Guarda, George. Guarda cos'ho fatto."

George s'inginocchiò presso la pozza e bevve con la mano a rapide cucchiaiate. "Di sapore è buona," riconobbe. "Però non sembra acqua corrente. Non si deve mai bere l'acqua che non è corrente, Lennie," disse senza speranza. "Tu berresti anche in una fogna quando hai sete." Si gettò una manata d'acqua in faccia e si stropicciò con la mano il sotto mento e intorno alla nuca. Poi si rimise il cappello, si tirò indietro, raccolse le ginocchia al mento e le abbracciò. Lennie che non aveva perso un movimento fece esattamente come George. Si tirò indietro, raccolse le ginocchia, le abbracciò e volse un'occhiata a George per confrontare se tutto andava bene. Si tirò un po' piú il cappello sugli occhi, a quel modo che stava il cappello di George.

George fissava l'acqua scontroso. Aveva intorno agli occhi cerchi rossi per il riverbero del sole. Disse irosamente: "Avremmo ben potuto arrivare fin sulla porta del *ranch* se quel boia di un conduttore avesse saputo quel che si diceva! 'Solo un pezzetto di stradone', diceva. 'Solo un pezzetto'. Quattro miglia fottute, altro che storie! Non voleva fermare alla porta del *ranch*, non voleva. Fannullone al punto da non fermarsi a Soledad. Ci butta fuori e dice: 'Solo un pezzetto di strada'. Se erano piú di quattro miglia. E questo caldo maledetto."

Lennie gli volse uno sguardo timido:

"George?"

"Eh, che c'è?"

"Dove andiamo, George?"

L'uomo piccolo volse in giú la tesa del cappello e soggaurdò torvo Lennie: "Te lo sei già dimenticato, eh? Bisogna che te lo dica un'altra volta, vero? Sangue di dio, che razza di scemo."

"Ho dimenticato," disse Lennie sommesso. "Ho cercato di non dimenticare. Davvero ho cercato, George."

"E va bene. E va bene. Te lo dirò un'altra volta. Sicuro, non ho niente da fare. Posso passare tutto il tempo a dirti le cose e tu le dimentichi, e io debbo ripeterle."

"Ho cercato davvero," disse Lennie, "ma non sono riuscito. Dei conigli mi ricordo, George."

"All'inferno i conigli. Tutto quello che sai ricordare sono questi conigli. E va bene. E adesso ascolta e questa volta ricordati, ché non ci mettiamo nei guai. Ti ricordi ch'eravamo in Via Howard seduti per terra a guardare quella lavagna?"

Il viso di Lennie si aprí a un sorriso gioioso. "Sicuro che mi ricordo, George. Mi ricordo che... ma... che cosa facevamo? Ricordo che passavano delle ragazze e tu dicevi... tu dicevi..."

"Al diavolo quel che dicevo. Ti ricordi che siamo entrati da Murray & Ready, e ci hanno dato il foglio d'ingaggio e i biglietti per la corsa?"

"Ma sí, George, me ne ricordo adesso." Le mani gli corsero alle tasche laterali della giacca. Disse piano: "George... non ho piú il mio... Devo averlo perduto." Abbassò gli occhi a terra, desolato.

"Non l'avevi, brutto scemo. Li tengo io tutti e due. Credevi che ti lasciassi portare il tuo foglio?"

Lennie scoprí i denti dal sollievo. "Io... io credevo di averlo messo in tasca." Gli corse nuovamente la mano alla tasca.

George gli diede un'occhiata penetrante. "Che cos'hai tolto da quella tasca?"

"Non c'è niente in tasca," disse Lennie pronto.

"Lo so che non c'è niente. Adesso è in mano. Che cos'hai in mano che nascondi?"

"Non ho niente, George. Davvero."

"Via. Da' qua."

Lennie tese il pugno chiuso dalla parte opposta a quella dov'era George. "È solamente un topo, George."

"Un topo? Un topo vivo?"

"Uh-uh. Un topo morto, George. Non l'ho ucciso io. Davvero. L'ho trovato morto."

"Da' qua," disse George.

"No, lasciamelo, George."

"Da' qua."

Il pugno chiuso di Lennie obbedí adagio. George prese il topo e lo lanciò al disopra dell'acqua all'altra riva, nella macchia. "Che cosa hai bisogno di un topo morto, tu?"

"Lo carezzavo col pollice camminando," disse Lennie.

"E be', non hai bisogno di carezzare topi, quando cammini con me. Adesso ti sei ricordato dove andiamo?"

Lennie trasecolò e poi dall'imbarazzo si nascose il viso contro le ginocchia. "Me lo sono dimenticato."

"Sangue di dio," disse George rassegnato. "Be', ascolta, andiamo a lavorare in un *ranch* come quello di dove veniamo nel Nord."

"Nel Nord?"

"A Weed."

"Ma sí. Ricordo. A Weed."

"Questo *ranch* dove andiamo è laggiú a un quarto di miglio. E ora ascoltami: io gli darò i fogli d'ingaggio, ma tu non devi dire una parola. Tu non hai che da startene tranquillo e non aprir bocca. Se si accorge che razza d'uno scemo sei, non ci dà nessun lavoro; ma se ti vede all'opera prima di sentirti parlare, siamo a cavallo. Hai capito?"

"Sta' tranquillo, George, ho capito."

"E va bene. Allora, quando entreremo a parlare col padrone, che cosa devi fare?"

"Io... io," Lennie pensava. Il volto gli si tendeva per lo sforzo. "Io... non devo aprir bocca. Devo starmene tranquillo."

"Bravo ragazzo. Cosí va bene. Ripetilo due, tre volte, cosí non lo dimenticherai."

Lennie brontolò tra sé, sommesso: "Io non devo

aprir bocca... io non devo aprir bocca... io non devo aprir bocca."

"E va bene," disse George. "E non devi neanche fare quelle brutte cose che hai fatto a Weed."

Lennie si mostrò confuso. "Che cosa ho fatto a Weed?"

"Oh, ti sei dimenticato anche questo, eh? Sta' certo che non te lo ricordo, altrimenti lo rifai."

Una luce d'intelligenza aprí il viso di Lennie. "Ci sono corsi dietro a Weed," esclamò trionfante.

"Corsi dietro, un corno," disse George con disgusto. "Noi siamo corsi. Ci cercavano dappertutto ma non ci hanno presi."

Lennie se la rise beatamente. "Questo non lo dimentico, sta' sicuro."

George si distese sulla sabbia e incrociò le mani sotto la nuca; Lennie lo imitò, levando il capo per vedere se faceva appuntino come lui. "Dio mio, sei un bell'impiastro, tu," disse George. "Me la passerei cosí felice e cosí bene, se non avessi te alle costole. Potrei vivere cosí bene e magari trovare una ragazza."

Per un istante Lennie stette cheto, poi disse in tono di speranza: "Andremo a lavorare nel *ranch*, George."

"Sicuro. Stavolta hai capito. Ma dormiremo qui perché ho le mie ragioni."

Il giorno precipitava ormai. Solamente le vette dei monti Gabilan fiammeggiavano alla luce del sole ch'era scomparsa dalla vallata. Una biscia d'acqua sgusciò rapida nella pozza, la testa dritta come un minuscolo periscopio. Le canne sussultavano lievi nella corrente. Lontano dalla parte dello stradale un uomo urlò qualcosa, a cui rispose l'urlo di un altr'uomo. Le braccia dei sicomori stormirono a un venticello che cadde immediatamente.

"George, perché non andiamo subito nel *ranch* a mangiare la cena? Dànno la cena nel *ranch*."

George si girò sul fianco. "Non ho ragioni da dare a te. Mi piace star qui. Domani andremo a lavorare. Ho visto delle trebbiatrici per la strada. Ciò vuol dire che avremo da caricare tanti sacchi d'orzo da spaccarci la schiena. Per questa notte voglio star disteso a guardar in su, di qua. Mi piace."

Lennie si drizzò sulle ginocchia e abbassò lo sguardo su George. "Non mangiamo la cena?"

"Certo che mangiamo la cena, basta che tu raccolga dei salici secchi. Ho tre scatole di fave nel fagotto. Prepara un fuoco. Ti darò il cerino quando ci sarà un mucchio di rami. Allora scalderemo le fave e ci sarà la cena."

Lennie disse: "Mi piacciono le fave con la salsa."

"Stavolta non c'è la salsa. Va' a raccogliere la legna. E non gironzolare. Tra poco è buio."

Lennie si tirò pesantemente in piedi e scomparve nella macchia. George stette disteso come prima, fischiettando sommesso tra sé. Ci fu uno strepito di tonfi giú per il fiume nella direzione che Lennie aveva presa. George smise di fischiettare e tese l'orecchio. "Povero diavolo," disse tra sé, e poi si rimise a fischiettare.

Un istante dopo Lennie riemerse fra gli schianti dei cespugli. Portava un rametto di salice in mano. George si levò a sedere. "Eccoti," disse bruscamente. "Qua il topo."

Ma Lennie ostentò un'elaborata pantomima di innocenza. "Che topo, George? Io non ne ho."

George tese la mano. "Su, su. Da' qua. A me non la fai mica."

Lennie esitò, indietreggiò, fissò disperatamente il confine della macchia come ventilasse di cercare la libertà nella fuga. George disse freddamente: "Mi vuoi dare questo topo, o te le debbo suonare?"

"Darti cosa, George?"

"Lo sai meglio di me. Voglio il topo."

Lennie si cercò, riluttando, nella tasca. La voce gli tremava un pochino. "Non capisco perché non posso tenerlo. Non è il topo di nessuno. Non l'ho rubato. L'ho trovato morto per la strada."

La mano di George restava tesa inesorabilmente. Adagio, come un cagnolino che non voglia saperne di restituire la palla al padrone, Lennie s'avvicinava, indietreggiava, tornava ad avvicinarsi. George schioccò seccamente le dita e a quel suono Lennie gli mise il topo in mano.

"Non facevo niente di male con lui, George. Lo carezzavo soltanto."

George s'alzò in piedi e scagliò il topo quanto piú lontano poté nella macchia che anneriva; poi si fece alla pozza e si lavò le mani. "Scemo che sei. Non ti accorgevi che ti vedevo i piedi bagnati perché hai traversato il fiume per andarlo a cercare?" Sentí il gemito piagnucoloso di Lennie e fece un mezzo giro. "Strilla come un marmocchio! Sangue di dio! Un ragazzone come te." A Lennie tremarono le labbra e le lacrime empirono gli occhi. "Su, Lennie." George gli posò una mano sulla spalla. "Non te l'ho preso per cattiveria. Quel topo non era piú fresco, Lennie; e poi, l'avevi crepato carezzandolo. Ne troverai un altro che sia fresco e allora te lo lascerò tenere un po'."

Lennie si sedette a terra e abbandonò il capo sconsolatamente. "Non so dove trovare un altro topo.

Ricordo che una signora me li dava... tutti quelli che trovava. Ma questa signora non c'è."

George lo canzonò. "Una signora, eh? Non si ricorda nemmeno chi era quella signora. Era tua zia Clara. E ha smesso di darteli. Li facevi sempre morire."

Lennie levò gli occhi tristi. "Erano cosí piccoli," disse in tono di difesa. "Io li carezzavo, e dopo un poco mi mordevano le dita: io allora gli stringevo la testa piano e morivano. Tutti. Perché erano piccoli. Vorrei che ci fossero presto i conigli, George. I conigli non sono cosí piccoli."

"All'inferno i conigli. E non ti si può lasciare nessun topo vivo. La tua zia Clara ti diede un topo di gomma, ma tu non ne hai voluto sapere."

"Non c'era gusto a carezzarlo," disse Lennie.

La fiamma del tramonto sparí dalle vette delle montagne e sulla valle discese l'ombra; tra i salici e i sicomori cadde la semioscurità. Una grossa scarpa emerse alla superficie dell'acqua, inghiottí l'aria e riaffondò misteriosamente dentro la pozza scura, lasciando alla superficie cerchi che si allargavano. In alto le foglie tornavano a dibattersi, e bioccoli di cotone candido volarono scendendo a posarsi sul pelo dell'acqua.

"Ci vai a prendere quella legna?", chiese George. "Ce n'è un mucchio là contro il piede di quel sicomoro. Legna di piena. Adesso va'."

Lennie andò dietro l'albero e tornò con una bracciata di foglie e rami secchi. Li buttò in fascio sul vecchio mucchio di cenere e ritornò a prenderne degli altri. Ormai era quasi notte. Frullarono sopra l'acqua le ali di un colombo. George venne alla catasta e mise fuoco alle foglie secche. La fiamma crepitò tra i rametti e morse vivamente. George disfece il fagotto e ne trasse tre scatole di fave. Le drizzò intorno al fuoco, accanto alla vampa, ma non alla portata della fiamma.

"Ci son fave abbastanza per quattro," disse.

Lennie lo osservava al disopra della fiamma. Disse pazientemente: "Mi piacciono tanto con la salsa."

"E be', non ne abbiamo," scoppiò George. "Qualunque cosa noi non abbiamo, ecco che tu la cerchi. Dio onnipotente, s'io fossi solo, potrei vivere cosí bene. Potrei trovare qualche posto e lavorare, e non pensarci piú. Niente seccature, e arrivata la fine del mese, prenderei i miei cinquanta dollari e via in città, a godermela come mi pare. Potrei passare tutta la notte in una casa. Potrei mangiare dove voglio, all'albergo o dovunque, e ordinare tutti i piatti del boia che mi vengono in mente. E sarebbe cosí tutti i mesi dell'anno. Pagarmi un gallone di *whisky* o ficcarmi in una osteria a giocare alle carte o al biliardo."

Lennie si inginocchiò e guardò al disopra della fiamma George furente. La faccia di Lennie era stirata dal terrore. "E che cosa mi tocca?", continuò furibondo George. "Mi tocchi tu. Non sei capace di conservare un posto e mi fai perdere tutti i posti che trovo. Mi obblighi a sbattermi tutto l'anno per questo paese. E non è ancora abbastanza. Ti metti nei guai. Fai delle malefatte e tocca a me tirarti fuori." La sua voce era diventata un urlo. "Carogna di uno scemo. Mi tieni sulla corda tutto il tempo." Assunse il tono elaborato delle bimbe quando si rifanno il verso a vicenda. "'Volevo soltanto toccarle il vestito... Volevo soltanto carezzarla come un topo...' Domando io come diavolo doveva fare a capire che volevi soltanto toccarle il vestito! Si tira indietro e tu duro, come fosse un topo. Si mette a strillare e ci tocca correre a nasconderci in un canale dell'acqua, tutto un giorno, con quei tipi che giravano a cercarci; poi ci tocca battercela al buio e sgombrare il paese. Tutte le volte, una storia del genere: tutte le volte. Vorrei poterti schiaffare in una gabbia con milioni di topi e lasciarti divertire." La sua collera cadde di colpo. Guardò sopra il fuoco il volto angosciato di Lennie e abbassò gli occhi vergognandosi.

Era adesso buio fatto, ma il fuoco rischiarava i tronchi degli alberi e i rami curvi in alto. Lennie venne strisciando adagio e con cautela intorno al fuoco, fin che fu accanto a George. Si accoccolò sui tacchi. George rivoltò le scatole delle fave, in modo che prendessero la vampa dall'altra parte. Ostentava di non accorgersi di Lennie cosí vicino a lui.

"George": una voce sommessa. Nessuna risposta. "George."

"Che vuoi?"

"Io dicevo per scherzo, George. Non ho voglia di salsa. Non mangerei la salsa nemmeno se ce ne fosse."

"Se ce ne fosse, ne potresti mangiare."

"Ma non ne mangerei, George. Te la lascerei tutta quanta. Potresti coprire di salsa le tue fave e io non la toccherei nemmeno."

George fissava sempre, scontroso, la fiamma. "Quando penso alla bella vita che farei senza di te, divento matto. Non ho un momento di pace."

Lennie s'inginocchiò ancora. Levò gli occhi nell'oscurità di là dal fiume. "George, vuoi che vada via e ti lasci solo?"

"E dove diavolo andresti?"

"In qualche posto. Potrei andare sulla collina. Magari troverei una grotta."

"Ah sí? E mangiare? Non avresti nemmeno lo spirito per trovarti da mangiare."

"Troverei qualche cosa, George. Non ho bisogno di roba buona con la salsa. Mi distenderei sotto il sole e nessuno mi farebbe del male. E se trovassi un topo, lo potrei tenere. Nessuno me lo prenderebbe."

George gli gettò un vivo sguardo penetrante. "Sono stato cattivo, eh?"

"Se non mi vuoi piú, posso andare sulla collina a cercarmi una grotta. Posso andare quando vuoi."

"No, senti. Io scherzavo solamente, Lennie. Perché io voglio che tu stia con me. Il brutto coi topi è che li fai sempre morire." Si fermò. "Senti che cosa farò, Lennie. Alla prima occasione ti do un cagnolino. Cosí forse non lo ucciderai. E sarebbe piú bello che coi topi. Potresti carezzarlo piú forte."

Lennie schivò l'esca. S'era accorto del proprio vantaggio. "Se non mi vuoi piú, hai solamente da dirlo, e io vado sulla collina lassú: vado là sulla collina e starò da solo. E nessuno mi ruberà piú i topi."

George disse: "Io voglio che tu stia con me, Lennie. Santo Dio, qualcuno ti prenderebbe per un coyote e sparerebbe, se tu fossi solo. No, resta con me. La zia Clara non sarebbe contenta se tu scappassi via solo, anche se è morta".

Lennie parlò con scaltrezza. "Allora dimmi... come dicevi prima."

"Dimmi cosa?"

"Dimmi dei conigli."

George scattò: "Non credere mica di pigliarmi in giro, sai?"

Lennie si fece supplichevole: "Sí, George. Dimmelo. Bravo, George. Come mi dicevi prima."

"Ti fa proprio godere tanto, eh? Va bene, te lo dirò, e poi ceniamo."

La voce di George si fece piú cupa. Ripeteva le parole, cadenzate, come le avesse pronunciate tante volte. "Gente come noi, che lavora nei *ranches*, è la gente piú abbandonata del mondo. Non hanno famiglia. Non sono di nessun paese. Arrivano nel *ranch* e raccolgono una paga, poi vanno in città e gettano via la paga, e l'indomani sono già in cammino alla ricerca di lavoro e d'un altro *ranch*. Non hanno niente da pensare per l'indomani."

Lennie era felice. "È cosí, è cosí. E adesso dimmi com'è per noi."

George riprese. "Per noi è diverso. Noi abbiamo un avvenire. Noi abbiamo qualcuno a cui parlare, a cui importa qualcosa di noi. Non ci tocca di sederci all'osteria e gettar via i nostri soldi, solamente perché non c'è un altro posto dove andare. Ma se quegli altri li mettono in prigione, possono crepare perché a nessuno gliene importa. Noi invece è diverso."

Lennie interruppe. "*Noi invece è diverso! E perché? Perché... perché ci sei tu che pensi a me e ci sono io che penso a te, ecco perché.*"

Rise beato. "Va' avanti, George."

"Lo sai a memoria. Puoi dirlo da te."

"No, tu. Ho dimenticato qualcosa. Dimmi come sarà un giorno."

"Va bene. Un giorno... avremo messo insieme i soldi e ci sarà una casetta con un pezzo di terreno e una mucca e i maiali e..."

"*E vivremo del grasso della terra*," urlò Lennie. "E terremo i *conigli*. Va' avanti, George! Di' quel che avremo nell'orto e i conigli nelle gabbie e la pioggia d'inverno e la stufa; di' come sarà spessa la panna sul latte che non la potremo tagliare. Di' tutto questo, George."

"E perché non lo dici tu? Lo sai benissimo."

"No... dillo tu. Non è lo stesso, se lo dico io. Va' avanti... George. Di' come accudirò ai conigli."

"Allora," disse George, "avremo una grande aiuola d'erba e una conigliera e le galline. E quando pioverà d'inverno, diremo 'Al diavolo il lavoro' e accenderemo un grande fuoco nella stufa e staremo seduti ascoltando la pioggia cadere sul tetto... Cribbio!" Estrasse il coltello. "Non ho piú tempo per parlare." Ficcò il coltello sotto il coperchio di una delle scatole, lo segò via e tese la scatola a Lennie. Poi ne aprí una per sé. Dalla tasca del fianco estrasse due cucchiai e ne tese uno a Lennie.

Seduti accanto al fuoco, si riempivano la bocca di fave e masticavano forte. Certe fave sgusciarono dall'angolo della bocca di Lennie. George agitò il cucchiaio. "Che cosa devi dire domani, quando il padrone ti farà domande?"

Lennie cessò di masticare e deglutí. Il viso si concentrò. "Io... io non debbo... aprire bocca."

"Bravo ragazzo! Cosí mi piace, Lennie. Può darsi che tu vada migliorando. Quando avremo il pezzo di terra, vedo che dovrò lasciarti accudire ai conigli. Specie se ricordi tanto bene le cose."

Lennie fu per soffocare dall'orgoglio. "Sono capace di ricordarmi," disse.

George fece nuovamente segno col cucchiaio. "Ascolta, Lennie. Voglio che ti guardi bene intorno. Sei capace di ricordarti questo posto? Il *ranch* è a un quarto di miglio circa, da quella parte. Solo seguire il fiume."

"Certo," disse Lennie. "Sono capace di ricordarmelo. Non me lo ricordavo, che non dovevo aprir bocca?"

"Davvero, te ne ricordavi? Ebbene, ascolta, Lennie... se ti capita un'altra volta di farne qualcuna come prima, io voglio che tu corra subito qui a nasconderti nella macchia."

"Nascondermi nella macchia," disse Lennie adagio.

"Nasconderti nella macchia. Fin che non venga io a cercarti. Sei capace di ricordarti questo?"

"Sicuro, George. Nascondermi nella macchia fin che non vieni tu."

"Ma però non devi metterti nei guai perché, se ti capita ancora, io non ti lascio piú accudire ai conigli." Lanciò la scatola vuota nella macchia.

"Non mi metterò nei guai, George, non aprirò bocca."

"Intesi. Porta il fagotto qui vicino al fuoco. Sarà bello dormire qui. Guardare in su. Con le foglie. Non aggiungere altra legna. Lasciamo che si spenga."

Si prepararono il letto sulla sabbia, e via via che la vampa del fuoco cadeva, la sfera di luce impiccioliva; le fronde ricciute scomparivano e nulla piú che un fievole bagliore mostrava dov'erano i tronchi degli alberi. Dall'oscurità Lennie chiamò: "George... dormi?"

"Non ancora. Che vuoi?"

"I conigli pigliamoli di colori differenti, George."

"Certamente," disse George, assonnato. "Ne avremo dei rossi, dei turchini e dei verdi, Lennie. Milioni e milioni."

"Di quelli dal pelo lungo, George, come ho veduto alla fiera di Sacramento."

"Certo, dal pelo lungo."

"Perché io posso anche andare da solo, George, e stare in una grotta."

"Puoi andare all'inferno se vuoi," disse George. "Adesso sta' zitto."

La luce rossa incupiva sulle braci. Dalla collina su dal fiume guaí un coyote e gli rispose un cane dall'altra sponda dell'acqua. Le foglie dei sicomori bisbigliarono nella brezzolina notturna.

PARTE SECONDA

La baracca dei lavoranti era una costruzione lunga e rettangolare. All'interno le pareti erano imbiancate e il pavimento grezzo. A tre delle pareti c'erano finestrette quadrate e alla quarta una solida porta dal paletto di legno. Contro le pareti c'erano otto cuccette, di cui cinque rifatte con la coperta e le altre tre che mostravano il pagliericcio di sacco. Su ogni cuccetta era inchiodata una cassetta da frutta con l'apertura verso l'interno della stanza, cosicché ne risultavano due scaffali per gli oggetti personali di chi occupava la cuccetta. Questi scaffali erano carichi di minuti articoli, sapone e borotalco, rasoi e di quelle riviste dell'Ovest che i ranceri amano leggere per farsene beffe, ma cui prestano fede in segreto. E c'erano medicine su quegli scaffali, e fialette e pettini; e dai chiodi ai lati della cassetta pendevano cravatte. Contro una delle pareti stava una nera stufa di ghisa, col tubo che saliva dritto a traverso la volta. Nel centro della stanza c'era un grosso tavolo quadrato, cosparso di carte da gioco, e tutt'intorno, raccolte, cassette da sedercisi i giocatori.

Verso le dieci del mattino il sole infilava una polverosa sbarra di luce per una delle finestre laterali e le mosche schizzavano come stelle precipiti fuori e dentro quel raggio.

Il paletto di legno si sollevò. S'aprí la porta e un vecchio d'alta statura e dalle spalle ricurve entrò nella stanza. Vestiva di tela turchina e teneva nella sinistra una grossa scopa. Dietro gli veniva George e, dietro George, Lennie.

"Il padrone vi aspettava ieri notte," disse il vecchio. "Aveva il diavolo, quando non siete arrivati per andare al lavoro stamattina." Protese il braccio destro, e dalla manica uscí un polso tondo come un bastone, senza mano. "Potete prendere quei letti là," disse mostrando le due cuccette presso la stufa.

George si fece avanti e gettò le sue coperte sulla sacca impagliata che faceva da materasso. Ficcò lo sguardo nella cassetta e ne trasse una scatolina gialla. "Dite. Che roba è?"

"Non so," rispose il vecchio.

"C'è scritto: 'Uccide Inesorabilmente Pidocchi Scarafaggi E Altri Flagelli'. Che porco cane di un letto ci date, insomma? Non sappiamo che farcene dei pollastri da materasso."

Il vecchio scopino si ficcò la scopa tra gomito e fianco e tese la mano a prendere la scatoletta. Ne studiò accuratamente la scritta. "Vi dirò...," uscí finalmente, "l'ultimo che ha occupato questo letto era un fabbro... un uomo come si deve, una persona che piú pulita non la si potrebbe desiderare. Si lavava le mani persino dopo mangiato."

"E allora come va che aveva le cimici?" George stava montando in una lenta collera. Lennie depose il fardello sulla cuccetta accanto e sedette. Osservava George a bocca spalancata.

"Vi dirò," riprese il vecchio scopino. "'Sto fabbro che dico — di nome Whitey — era di quei tipi che mettono la polvere anche se non ci sono bestie: semplicemente per essere al sicuro, capite? Vi dirò che cosa faceva. A tavola, si sbucciava le sue patate lesse e toglieva fin l'ultima taccherella, non importa cosa fosse, prima di mangiare. E se trovava una chiazza rossa su un uovo, la grattava via. Alla fine si licenziò per il vitto. Quest'era il genere d'individuo: pulito. Si cambiava sempre alla domenica, anche se non andava in nessun posto, si metteva persino la cravatta e poi stava seduto nella baracca."

"Non mi convince molto," disse George con aria scettica. "Per che cosa avete detto che si è licenziato?"

Il vecchio ficcò in tasca la scatoletta gialla e si stropicciò con le nocche della mano le basette bianche irsute. "Ma... dico... si è licenziato, sapete come vanno queste cose. Dice che era per il vitto. Voleva andarsene. Non ha dato altro motivo che il vitto. 'Datemi quel che mi viene', ha detto una sera, come farebbe chiunque."

George sollevò il suo pagliericcio e guardò sotto. Si chinò esaminando intento la tela di sacco. Immediatamente Lennie s'alzò e fece lo stesso col suo letto. Alla fine George parve soddisfatto. Disfece il suo fardello e dispose gli oggetti sullo scaffale: il rasoio e il pezzo di sapone, il pettine e la bottiglietta delle pillole, il lenitivo e il polsino di cuoio. Poi rifece accuratamente il letto con le coperte. Il vecchio disse: "Credo che il padrone sarà qui a momenti. Vi garantisco ch'era in bestia stamattina quando non vi ha veduti. Entra mentre si faceva colazione e dice. 'Dove sono quei nuovi del boia?'. Se l'è vista brutta il garzone di stalla".

George cancellò una piega della coperta sul letto

e si sedette. "Se l'è vista brutta il garzone della stalla?", domandò.

"E già. Sapete: il garzone è un negro."

"Negro, uh?"

"Sicuro. Brav'uomo, però. Ha la schiena rotta perché il cavallo lo ha preso a calci. Il padrone se la piglia con lui, quando gli girano le scatole. Ma il garzone se ne impipa. È uno che legge molta roba. Ha dei libri nella stanza."

"Che razza di tipo è, il padrone?"

"Oh, è un uomo come si deve. Qualche volta gli girano le scatole, ma è una persona come si deve. Vi dirò questa: sapete quel che fece a Natale? Porta qui un gallone di *whisky* e dice: 'Bevete forte, ragazzi. Natale viene una volta all'anno'."

"Sangue del boia! Un gallone intero?"

"Sissignore. Dio, che baldoria. Quella volta lasciarono entrare il negro. Il piccolo cavallante, si chiama Smitty, s'attaccò al negro. Bella cosa sí. Gli altri non gli han lasciato dare coi piedi, e cosí l'ha detta il negro. Se adoperava i piedi, Smitty dice che accoppava il negro. Ma gli altri dissero, siccome il negro aveva la schiena rotta: 'Smitty non puoi adoperare i piedi'." Si fermò, riassaporando il ricordo. "Poi i ragazzi andarono a Soledad e fecero il diavolo a quattro. Io non sono andato. Non ho piú lo scatto di una volta."

Lennie stava terminando di fare il suo letto. Il paletto di legno si alzò un'altra volta e la porta s'aperse. Apparve nel vano sulla soglia un ometto tarchiato. Indossava pantaloni di tela turchina, una camicia di flanella, un panciotto nero sbottonato e la giacca nera. Teneva i pollici infilati nella cintura, ai due lati di una fibbia quadra d'acciaio. Portava in testa uno sporco cappellone brunastro, e aveva gli stivali dal tacco alto e gli sproni, in segno che non era un lavorante.

Il vecchio scopino gli lanciò un'occhiata rapida e poi scivolò alla volta della porta, stropicciandosi intanto le basette con le nocche. "Quei due sono arrivati," disse, e sgusciò accanto al padrone, fuori della porta.

Il padrone s'avanzò nella stanza coi passetti svelti di un uomo dalle gambe grasse. "Ho scritto a Murray & Ready che mi occorrevano due uomini per stamattina. Avete i fogli d'ingaggio?" George si cercò in tasca e trasse i fogli e li tese al padrone. "La colpa non è di Murray & Ready. È scritto qui sul foglio che vi dovevate presentare stamattina."

George si considerò i piedi. "È il conducente che ci ha fregati," disse. "Abbiamo dovuto fare a piedi dieci miglia. Ci disse che eravamo arrivati, quando non era vero. Non abbiamo trovato mezzi al mattino."

Il padrone strizzò gli occhi. "Cosí ho dovuto mandar fuori le squadre con due braccianti di meno. È inutile che andiate in campagna adesso, prima di pranzo." Trasse fuori di tasca il registro degli orari e lo aprí dov'era infissa una matita tra i fogli. George aggrottò significativamente le ciglia fissando Lennie, e Lennie annuí per mostrare che aveva capito. Il padrone leccò la matita. "Come vi chiamate?"

"George Milton."

"E voi?"

George disse: "Si chiama Lennie Small."

I nomi vennero registrati. "Vediamo, oggi ne abbiamo venti: mezzogiorno, venti." Chiuse il registro. "Dove avete lavorato, ragazzi?"

"Su dalle parti di Weed," disse George.

"Anche voi?", a Lennie.

"Anche lui, sí," disse prontamente George.

Il padrone puntò il dito allegro alla volta di Lennie. "Non è un gran chiacchierone, a quanto sembra."

"No davvero, ma potete star sicuro che è un lavoratore in gamba. Forte come un toro."

Lennie sorrise compiaciuto. "Forte come un toro," ripeté.

George gli diede un'occhiataccia e Lennie abbassò il capo per la vergogna di aver dimenticato.

Il padrone gli disse di botto: "Sentite, Small." Lennie levò la testa. "Che cosa sapete fare?"

Preso dal panico, Lennie cercò con gli occhi un aiuto dalla parte di George. "Sa fare tutto quello che gli dite," rispose George. "È un ottimo cavallante. Sa ricucire i sacchi, condurre un erpice. Sa fare qualunque cosa. Mettetelo solo alla prova."

Il padrone si volse a George. "E perché allora non lo lasciate parlare? Che imbroglio mi volete combinare?"

George attaccò a gran voce: "Oh! Non vi dico che sia una cima. Non è certo una cima. Ma ripeto che è un lavoratore eccezionale. È capace di portare una balla di 400 libbre."

Il padrone si rimise con circospezione il registro in tasca. S'infisse i pollici nella cintura e strizzò un occhio che quasi lo chiuse. "Dite un po': fate l'articolo, voi?"

"Eh?"

"Vi chiedo che premio avete per costui! Prendete voi la sua mesata?"

"No che non la prendo io. Perché dite che gli faccio l'articolo?"

"Mah, non ho mai veduto uno pigliarsi tanto a

cuore un altro. Vorrei solo sapere qual è il vostro interesse in questa storia."

George disse: "È il mio... cugino. Ho promesso alla sua vecchia di stargli dietro. Un cavallo gli ha dato un calcio nella testa quand'era piccolo. Non ha niente. Soltanto non è una cima. Ma sa fare tutto quello che gli dite."

Il padrone si volse a mezzo per andare. "Be', sa il Signore che non gli occorrerà troppo cervello per trasportare dei sacchi di orzo. Ma non cercate di combinarmi qualche imbroglio, Milton. Vi tengo d'occhio. Perché siete venuti via da Weed?"

"Lavoro finito," disse pronto George.

"Che razza di lavoro?"

"Facevamo... facevamo la tampa di un cesso."

"E va bene. Ma non cercate di combinarmi qualche imbroglio, perché non la passereste liscia. Ne ho già trovati, dei furbi. Uscirete con le squadre del raccolto, dopo pranzo. Raccolgono l'orzo sotto la trebbiatrice. Uscirete col carriaggio di Slim."

"Slim?"

"Già. Un cavallante grande e in gamba. Lo vedrete a pranzo." Si girò bruscamente e andò alla porta, ma prima d'uscire si rivolse e fissò per un istante i due.

Quando il suono dei passi si spense, George si volse a Lennie. "E cosí tu non dovevi aprir bocca. Tu dovevi tener chiuso quel forno e lasciare parlare me. C'è mancato poco che non ci fregassi il posto."

Lennie si fissò disperatamente le mani. "Mi ero dimenticato, George."

"Già. Ti eri dimenticato. Ti dimentichi sempre, tu, e tocca a me cavarti dai pasticci." Si lasciò cadere pesantemente sulla cuccetta. "Adesso ci tiene d'occhio. Adesso dobbiamo stare attenti per non fare stupidaggini. D'ora innanzi terrai chiuso quel forno del boia." Cadde in un silenzio scontroso.

"George."

"Che vuoi adesso?"

"Ma non mi ha mica dato un calcio nella testa un cavallo, George?"

"Sarebbe stato ben meglio te l'avesse dato," disse George dispettosamente. "Avrebbe risparmiato a tutti dei bei grattacapi."

"Hai detto che sono tuo cugino, George."

"Questa era una storia. E sono ben contento che sia una storia. Se fossi tuo parente, mi tirerei un colpo." Tacque a un tratto, si fece alla porta aperta e sbirciò fuori. "Ehilà, che diavolo fate qui in ascolto?"

Il vecchio di prima s'avanzò adagio nella stanza. Aveva sempre la scopa in mano. E gli veniva alle calcagna uno zoppicante cane da pastore, dal muso bigio e dai pallidi vecchi occhi ciechi. Il cane si trascinò sfiancato alla parete e si distese, mugulando sommesso tra sé e leccandosi il pelo grigiastro roso dai tarli. Lo scopino lo guardò finché quello non fu a posto. "Non stavo in ascolto. Mi ero fermato all'ombra un momento e grattavo il mio cane. Ho finito adesso di scopare la lavanderia."

"Voi avete ficcato i vostri orecchioni nei fatti nostri," disse George. "E io non ho bisogno di nessun ficcanaso."

Il vecchio passò gli occhi a disagio da George a Lennie, e poi a ritroso. "Venivo qui, io," disse. "Non ho sentito niente di quello che dicevate voi. Non m'interessa niente quello che dite. Chi vive nel *ranch* non sta mai ad ascoltare e non fa mai domande."

"E bene che fa," disse George, lievemente rabbonito, "specialmente se vuole fermarsi un *pezzo* a lavorare." Ma la difesa dello scopino lo aveva rassicurato. "Entrate e sedetevi un po'," disse. "Che vecchio boia di un cane avete."

"Sí. Ce l'ho da quando era appena nato. Dio, che buon cane da pastore quand'era giovane." Appoggiò la scopa contro la parete e si stropicciò con le nocche la bianca gota irsuta. "Vi è piaciuto il padrone?", chiese.

"Abbastanza. Sembra a posto."

"È un uomo come si deve," riconobbe lo scopino.

"Bisogna prenderlo per il suo verso." In quell'istante un giovanotto entrò nella baracca; un giovanotto smilzo dalla faccia bruna, occhi bruni e una testa di capelli fitti e crespi. Aveva un guanto da fatica infilato nella sinistra e, come il padrone, portava gli stivali dal tacco alto. "Chi ha veduto il mio vecchio?", disse.

Lo scopino rispose: "Era qui, solo un momento fa, Curley. È andato in cucina, credo."

"Cercherò di trovarcelo," disse Curley. I suoi occhi scorsero sui due nuovi, e s'arrestò. Lanciò uno sguardo freddo a George e poi a Lennie. Le braccia gli si piegarono adagio ai gomiti e le mani strinsero il pugno. S'irrigidí, raccogliendosi su di sé. Lo sguardo era insieme calcolatore e combattivo. Lennie si contorse sotto quell'occhio e stropicciò i piedi nervosamente. Curley gli venne cauto accanto. "Siete voi i nuovi lavoranti che il vecchio aspettava?"

"Arriviamo adesso," rispose George.

"Lascia parlare quello alto."

Lennie si torse imbarazzato.

Disse George: "E se lui non volesse parlare?"

Curley fece un mezzo giro di scatto: "Porco mondo, deve rispondere quando è interrogato. Che diavolo ve ne immischiate voi?"

"Viaggiamo insieme," disse George freddamente.
"Ah, è cosí dunque?"
George stava rigido e immobile. "Proprio è cosí."
Lennie cercava disperatamente con gli occhi un comando di George.
"E non volete saperne di lasciar parlare quello alto?"
"Se vuole dirvi qualcosa, parli pure." E fece a Lennie un lieve cenno.
"Arriviamo adesso," disse Lennie piano.
Curley lo fissò dritto. "Ebbene, un'altra volta risponderete quando vi dicono qualcosa." Si rivolse alla porta e se ne andò, coi gomiti ancor sempre un po' piegati.
George lo accompagnò con gli occhi, poi si voltò allo scopino: "Ma dite un po', che cos'ha in corpo quel tale? Lennie non gli ha fatto niente."
Il vecchio guardò con cautela la porta per accertarsi che nessuno ascoltasse. "È il figlio del padrone," disse placido. "Curley è svelto di mano. Ha avuto dei successi sul *ring*. È un peso piuma e svelto di mano."
"Sia pure svelto fin che vuole," disse George. "Non ha nessun bisogno di attaccarsi con Lennie. Lennie non gli ha fatto niente. Che cos'ha contro Lennie?"
Lo scopino rifletté... "Ecco... vi dirò. Curley è come un mucchio di altri piccolini. Odia quelli alti. Non fa altro che attaccare lite con gente alta. È come se ce l'avesse a morte con loro perché lui non è alto. Ne avete visti dei piccolini che fanno cosí, no? Sempre attaccabrighe?"
"Sicuro," disse George. "Ne ho visti molti e lazzaroni. Ma questo Curley farà meglio a stare attento con Lennie. Lennie non è svelto di mano, ma questa

zizzania d'un Curley va a finir male se si attacca con Lennie."

"Mah, Curley è molto svelto," disse con tono scettico lo scopino. "A me non è mai parsa una cosa giusta. Per esempio, Curley ne attacca uno alto e gliele dà. Tutti diranno: 'Che uomo in gamba è Curley'. Ma mettiamo che faccia la stessa cosa e se le prenda. Allora tutti dicono che quello alto doveva cercarsene uno della sua forza e magari gli saltano addosso. Non mi è mai parsa una cosa giusta. Vale a dire che Curley si vuol sempre mettere dalla parte della ragione."

George stava fissando la porta. Disse tutto truce: "Be', farà meglio a guardarsi, con Lennie: a Lennie non piace picchiare, però è forte e fa presto, e non sa le regole, lui." Si diresse al tavolo quadrato e sedette su una cassa. Raccolse un po' di carte e le mischiò.

Il vecchio sedette su un'altra cassa. "Non raccontate a Curley che vi ho detto queste cose. Mi leverebbe il pelo. Non gl'importa niente di niente a lui. Non va nemmeno a rischio di farsi mandare a spasso, perché è il figlio del padrone."

George tagliò il mazzo e prese a scoprire le carte, guardandole ad una ad una e gettandole in mucchio. Disse: "Questo Curley mi ha tutta l'aria di una carogna. Non mi vanno, a me, i tipi piccoli e maligni."

"Mi dà l'idea che ultimamente sia peggiorato," disse lo scopino. "Si è sposato un paio di settimane fa. La moglie sta laggiú nella casa del vecchio. Da quando è sposato, ha l'aria piú petulante, Curley."

George diede un grugnito. "Magari vuol farsi vedere dalla moglie."

Lo scopino si animò alla malignità. "Aspettate di vederla, la moglie di Curley."

George tagliò le carte e cominciò a disporle per un solitario, adagio e ponderatamente.

"Bella?", chiese a caso.

"Bella sí... ma..."

George studiava le carte. "Ma che cosa?"

"Ecco: fa l'occhio."

"Davvero? Sposata da due settimane e fa già l'occhio? Allora è per questo che a Curley bruciano i calzoni."

"L'ho veduta fare l'occhio a Slim. Slim è capo-cavallante. Un uomo davvero come si deve. Slim non ha bisogno di uscire in squadra con gli stivali dal tacco alto. L'ho veduta fare l'occhio a Slim. Curley non se ne accorge. E poi l'ho veduta fare l'occhio a Carlson."

George pareva interessarsi scarsamente. "Mi dà l'idea che ci sarà da spassarsela."

Lo scopino si alzò dalla sua cassa. "Volete il mio parere?" George non disse nulla. "Ebbene, secondo me, Curley ha sposato una sgualdrinella."

"Non sarebbe il primo," disse George. "È capitato a un sacco di gente."

Il vecchio si fece alla porta, e il cane decrepito levò il capo e batté gli occhi; poi si tirò penosamente in piedi per tenergli dietro. "Debbo mettere fuori le catinelle per gli uomini. Tra poco ritornano i carri. Voialtri siete ai sacchi d'orzo?"

"Sí."

"Non direte mica niente a Curley di quanto ho detto?"

"Diamine."

"Ebbene, sissignore, guardatela una volta. Vedrete se non è come dico io." Uscí dalla porta nel sole splendente.

George deponeva meditabondo le sue carte, rivoltava i mucchietti di tre. Tirò giú quattro fiori sul mucchio degli assi. Il riquadro di sole era adesso sul pavimento, e le mosche vi schizzavano come faville.

Un frastuono di finimenti tintinnanti ed il cigolio di mozzi sovraccarichi echeggiarono dall'esterno. Venne di lontano un limpido grido: "Garzone, ohi! garzone." E subito: "Dove diavolo si è ficcato quel negro maledetto?"

George fissava il suo solitario; poi scompigliò le carte a casaccio e si girò verso Lennie. Lennie era disteso sulla cuccetta e l'osservava attento.

"Senti, Lennie. Questo qui non è un posto facile. Io ho paura. Finisce che avremo dei guai con quel Curley. Ne ho già trovati come lui. Tastava che tipo eri. S'immagina di averti fatto paura e alla prima occasione ti molla un pugno."

Negli occhi di Lennie apparve lo spavento.

"Io non voglio guai," disse lamentosamente. "Non lasciare che mi picchi, George."

George si alzò e venne alla cuccetta di Lennie; ci si sedette: "Io non posso soffrire quella razza di carogne", disse. "Ne ho visti tanti. Come dice il vecchiotto, Curley è sempre dalla parte della ragione. L'ha sempre lui." Pensò un momento. "Se se la prende con te, Lennie, va a finire che ci mandano a spasso. Non devi fare nessuna stupidaggine. È il figlio del padrone. Senti bene, Lennie. Stanne piú lontano che puoi, capito? Non dirgli mai niente. Se viene qui, tu trasloca dall'altra parte della stanza. Farai questo che ti dico, Lennie?"

"Io non voglio guai," gemette Lennie. "Non gli ho mica fatto niente."

"Sí, ma questo non conta, se Curley vuole darsi le arie di grande lottatore. Tu devi soltanto tenerti lontano da lui. Te ne ricorderai?"

"Sta' certo, George, non dirò una sola parola."

Il frastuono dei carri d'orzo che si avvicinavano era piú forte, e il tonfo dei grossi zoccoli sul duro terreno, gli schianti delle martinicche e il tintinnio delle catene da tiro. Voci altissime si rispondevano da un carriaggio all'altro. George, seduto sulla cuccetta accanto a Lennie, si accigliava ai pensieri. Disse timidamente Lennie: "Sei arrabbiato, George?"

"Non sono arrabbiato con te. Sono arrabbiato con questa carogna di Curley. Speravo che ci potessimo fare insieme un gruzzoletto... magari cento dollari." Il suo tono si fece risoluto. "Lennie, sta' lontano da Curley."

"Sta' certo, George. Non dirò una parola."

"Non lasciare che ti tiri dentro..., ma se quel lazzarone te ne molla uno, allora dagliela tu."

"Debbo dargli che cosa, George?"

"Non importa, non importa. Ti dirò io quando sarà ora. Non posso soffrire quella razza. Senti, Lennie, se ti capita qualche guaio, ricordi ancora che cosa ti ho detto che devi fare?"

Lennie si sollevò sul gomito. Il suo viso si contrasse nello sforzo del pensiero. E poi gli corsero mesti gli occhi al viso di George. "Se mi capita qualche guaio, tu non mi lascerai piú accudire ai conigli."

"Non volevo dir questo. Ricordi dove abbiamo dormito stanotte? Giú dal fiume?"

"Sicuro che ricordo. Oh adesso ricordo. Vado là e mi nascondo nella macchia."

"Ti nascondi fin che io non vengo a cercarti. E senza che nessuno ti veda. Ti nascondi nella macchia presso il fiume. Ripeti."

"Mi nascondo nella macchia presso il fiume, dentro la macchia presso il fiume."

"Se ti capita un guaio."

"Se mi capita un guaio."

All'esterno stridette una martinicca. Venne un grido: "Garzone. Oh! Garzone."

George disse: "Ripetilo da te, Lennie, cosí non lo dimentichi."

Tutti e due levarono il capo, perché il rettangolo di sole alla porta era scomparso. C'era là dritta una ragazza che guardava. Aveva grosse labbra dipinte e grandi occhi, pesantemente truccati. Le sue unghie erano rosse. Le pendevano i capelli a ciocchette arrotolate, come salsicce. Vestiva un abito da casa, di cotone, e pantofole rosse sulle quali era posato un ciuffo di piume rosse di struzzo. "Cerco Curley," disse. Aveva una voce dal timbro nasale e fragile.

George distolse lo sguardo e poi tornò a fissarla. "Era qui solo un minuto fa, ora se ne è andato."

"Oh!", la ragazza portò le mani dietro la schiena e si poggiò contro lo stipite della porta, in modo che il suo corpo venne sporto innanzi. "Siete i nuovi lavoranti che sono arrivati, voi?"

"Già."

Gli occhi di Lennie viaggiarono dall'alto in basso su quel corpo e la ragazza, benché non paresse guardare in direzione di Lennie, si pompeggiò alquanto. Si guardò la punta delle unghie. "A volte Curley viene qui," spiegò.

George disse bruscamente: "Adesso però non c'è."

"Se non c'è, dovrò cercarlo in qualche altro posto," disse lei, scherzosa.

Lennie la osservava, incantato. Disse George: "Se lo vedrò, gli saprò dire che lo cercavate."

La ragazza sorrise maliziosa e il corpo diede un sussulto. "Non c'è niente di male se uno cerca qualcuno," disse. S'udirono alle sue spalle delle pedate che passavano. Lei volse il capo. "Ehi, Slim," chiamò.

Giunse attraverso la porta la voce di Slim. "Ehilà, stella."

"Cerco se trovo Curley, Slim."

"Si vede che non cercate troppo, l'ho veduto che andava a casa vostra."

Divenne a un tratto inquieta. "Salute, ragazzi," gridò nella baracca e corse via.

George volse gli occhi a Lennie. "Cribbio, che pelle," disse. "Se è questa che Curley chiama una moglie."

"È bella," disse Lennie a mo' di difesa.

"Già, e lo fa anche vedere. Che gatta si è preso Curley da pelare. Scommetto che per venti dollari fa la faccenda."

Lennie fissava ancora, occhi sbarrati, la porta dov'era stata la ragazza. "Giuda, come era bella." Sorrideva dall'ammirazione. George gli calò sopra uno sguardo rapido e lo prese per l'orecchio strattonandolo.

"Stammi a sentire, brutto scemo," disse ferocemente. "Guardati bene dal posarle gli occhi addosso, a quella gatta. Me ne infischio quel che dica o quel che faccia. Ne ho veduto di quel tossico, ma una trappola da galera come quella non l'ho vista mai. Tu la lasci stare."

Lennie si sforzò di liberare il suo orecchio.

"Non ho mica fatto niente, George."

"Niente, hai fatto. Ma quand'era sulla porta a mostrare le gambe, non guardavi mica dall'altra parte, però."

"Non credevo fosse male, George. Davvero, non credevo."

"E allora, sta' alla larga, perché quella è una trappola, se ce n'è un'altra. Lascia che se la sbrighi Curley. Se l'è voluta."

Lennie gridò improvvisamente: "Non mi piace questo posto, George. È un brutto posto. Voglio andar via di qui."

"Dobbiamo restarci, finché non abbiamo il gruzzolo. Non c'è niente da fare, Lennie. Ce ne andremo non appena potremo. A me piace meno che a te." Ritornò al tavolo e si preparò un altro solitario. "No, non mi piace affatto," disse. "Per quattro soldi taglierei la corda. Se mettiamo in saccoccia qualche dollaro, possiamo filare e prendere per l'American River, alla pesca dell'oro. Là c'è da guadagnare un paio di dollari al giorno e magari troviamo un giacimento."

Lennie si piegò a lui avidamente. "Andiamo, George. Andiamo via. È brutto qui."

"Bisogna starci," tagliò corto George. "E adesso sta' zitto. Arriveranno gli altri."

Dal lavatoio vicino giunse il rumore dell'acqua corrente e il tintinnio delle catinelle. George studiava le carte. "Bisognerebbe magari lavarci," disse. "Ma non abbiamo fatto niente, per essere sporchi."

Un uomo alto si fece sulla soglia. Teneva schiacciato un cappello a larga tesa sotto il braccio e si pettinava all'indietro i lunghi e neri capelli bagnati. Come gli altri, vestiva di tela turchina e una corta giacchetta. Quand'ebbe finito di pettinarsi, si mosse per entrare, e lo fece con una maestà uguagliata soltanto dai re o dai maestri di un'arte. Era un capo-cavallante, il principe del *ranch*, un uomo capace di guidare dieci, sedici e persino venti mule con la sola briglia di quelle di testa. Era un uomo capace di ammazzare con lo staffile una mosca sulla schiena della mula senza toccare la mula. C'era una tale gravità nel suo fare e una calma cosí profonda che, parlando lui, ogni discorso cessava. Tanto grande era la sua autorità che si credeva alla sua parola su qualunque argomento, fosse anche la politica o l'amore. Tale era Slim, il capo-cavallante. Il suo volto, simile a una accetta, non aveva età. Si potevano dargli trentacinque o cinquant'anni. Il suo orecchio sentiva piú in là che non gli dicesse, e la sua lenta parola aveva armonie non di pensiero ma di comprensione di là dal pensiero. Le sue mani, grandi e magre, erano altrettanto delicate nel loro movimento che quelle di un danzatore sacro.

Ridiede, lisciandolo, la forma al cappello schiacciato, gli fece nel mezzo la piega e se lo mise. Guardò benevolo i due dentro la baracca. "Fa una luce d'inferno, fuori," disse affabile. "Non ci si vede un accidenti qui. Voi siete i nuovi?"

"Freschi freschi," disse George.

"Ai sacchi d'orzo?"

"Come dice il padrone."

Slim si sedette su una cassetta, lasciando tra George e sé la tavola. Considerò il solitario, ai suoi occhi capovolto. "Spero che sarete del mio carriaggio," disse. La voce era affabilissima. "Mi son trovato fornito di due salami che non conoscono un sacco d'orzo da una casa. Voi avete mai caricato l'orzo?"

"Sí, diamine," disse George. "Io personalmente non sono niente di straordinario, ma questo scemo qui mette su piú sacchi da solo che qualunque altro paio."

Lennie che aveva seguita la conversazione menando gli occhi avanti e indietro, sorrise compiaciuto all'elogio. Slim guardò George, approvandolo di aver fatto l'elogio. Si piegò sul tavolo e pizzicò l'angolo di una carta buttata. "Voialtri girate insieme?"

Il tono era amichevole. Invitava alla confidenza, senza però pretenderla.

"Appunto," disse George. "Possiamo dire che ci guardiamo a vicenda." Mostrò Lennie col dito. "Non è una cima. Lavoratore coi fiocchi, però. Un ragazzo come si deve, ma non è una cima. Lo conosco da molto tempo."

Slim traversò George con un'occhiata. "Non sono molti quelli che girano insieme," osservò meditabondo. "Non capisco perché. Forse che tutti al mondo hanno fifa l'uno dell'altro."

"È una gran bella cosa andare in giro con uno che si conosce," disse George.

Nella baracca entrò un omaccio poderoso, gran petto. Gli gocciava ancora l'acqua dal capo dopo che s'era strofinato e spruzzato. "Ehi, Slim," disse; e si fermò e fissò stupito George e Lennie.

"Arrivano adesso," disse Slim, a mo' di presentazione.

"Felice di fare la vostra conoscenza," disse l'omaccio. "Mi chiamo Carlson."

"Io, George Milton. E questo, Lennie Small."

"Felice di fare la vostra conoscenza," ripeté Carlson. "Non è tanto piccolo," (*small*). Se la ridacchiò sommesso alla freddura. "Non è piccolo davvero," ripeté. "Volevo chiedervi, Slim... come va la cagna? Stamattina ho veduto che non era sotto il carretto."

"Ha seminato stanotte i cagnolini," disse Slim. "Nove ce n'erano. Ne ho subito annegati quattro. Non poteva allattarne tanti."

"Ne restano cinque, uh?"

"Cinque, sí. Ho tenuto i piú grossi."

"Che razza di cani credete che verrà fuori?"

"Non lo so," disse Slim. "Roba da pastori, immagino. Non si vedeva che di quelli, qui intorno, quand'era in calore."

Continuò Carlson: "Cinque cuccioli, eh? E li tenete tutti?"

"Non so. Un poco dovrò tenerli, perché vengano in grado di prendere il latte."

Carlson disse soprappensiero: "Allora, statemi a sentire, Slim. Quel cagnaccio di Candy è tanto vecchio che non sta piú dritto. E puzza come il boia, anche. Tutte le volte che entra qui dentro, io lo sento per due o tre giorni di seguito. Perché non provate a dirgli di sparare a quel rudere e non gli date uno dei cagnolini da allevare? Io sento il puzzo di quel cane da un miglio. Non ha denti, è cieco che fa spavento, non può mangiare. Candy lo tiene su a latte. Non riesce piú a masticare."

George non aveva distolto gli occhi intenti da Slim. Repentinamente un triangolo si mise a sbatacchiare all'esterno, dapprima adagio e poi svelto, piú svelto, finché il battito non si confuse in un unico rimbombo squillante. Cessò d'un tratto, come era cominciato.

"Ci siamo," disse Carlson.

Fuori, salí uno scoppio di voci da un gruppo di uomini che passavano.

Slim si alzò adagio, con dignità: "Voi due farete bene a sbrigarvi fin che c'è qualcosa da mangiare. Fra qualche minuto non ci sarà piú niente."

Carlson diede un passo indietro per lasciare la precedenza a Slim, e i due uscirono.

Lennie cercava con gli occhi, eccitatissimo, George. George scompigliò le carte in un mucchio disordinato. "Sí" disse, "ho sentito, Lennie. Gli chiederò."

"Uno bianco e marrone," esclamò Lennie eccitatissimo.

"Vieni. Andiamo a pranzo. Non so se ne avrà uno bianco e marrone."

Lennie non si mosse dalla cuccetta. "Chiedigli subito, George, cosí non ne uccide piú nessuno."

"Certo. Vieni adesso, alzati in piedi."

Lennie si rivoltò giú dalla cuccetta e fu in piedi, e si mossero verso la porta. Nel momento che mettevano il piede sulla soglia, piombò dentro Curley.

"Avete visto una ragazza per qui?", chiese irosamente.

George rispose, freddo: "Sarà forse una mezz'ora."

"E che diavolo faceva, dite?"

George non si mosse; osservava l'ometto infuriato. Disse come un insulto: "Diceva... che vi stava cercando."

Parve che Curley vedesse davvero solo allora George per la prima volta. Gli avventò gli occhi addosso, ne prese la statura e misurò la portata, cercò la sua vita sottile. "E da che parte è andata?", chiese alla fine.

"Non lo so", disse George. "Non l'ho guardata mentre andava."

Curley gli diede un'occhiataccia e girandosi corse fuori.

Disse George: "Sai, Lennie, ho molta paura che attaccherò lite io con quella carogna. Non lo posso vedere. Sangue del boia. Vieni. Non ci sarà piú neanche un boccone per noi."

Uscirono fuori. Il sole disegnava una riga sottile, sotto la finestra. Si udiva lontano un acciottolio di piatti.

Un istante dopo il cane decrepito entrò zoppicando per la porta spalancata. Fissò intorno i suoi occhi mansueti, quasi ciechi. Sbuffò e poi si distese, posando il capo tra le zampe. Di nuovo sbucò dalla porta Curley, che si fermò guardando nella stanza. Il cane levò il capo ma, quando Curley saltò via, la sua testa bigia ricadde sul pavimento.

PARTE TERZA

Benché trasparisse la chiarezza della sera per le finestre della baracca, all'interno era buio. Per la porta spalancata venivano i tonfi e a volte lo squillo, di una partita ai ferri-da-cavallo, e ogni tanto lo scoppio di voci levate a lodare o deridere.
Slim e George entrarono insieme nella baracca oscurata. Slim si sporse sopra il tavolo delle carte e accese la lampadina sotto il riflettore di latta. Di botto il tavolo s'inondò di luce e il cono del riflettore versò lo splendore giú in basso, lasciando nel buio gli angoli della stanza. Slim si sedette su una cassa e George prese posto di fronte a lui.
"Una cosa da nulla," disse Slim. "Tanto li avrei annegati quasi tutti. Non è nemmeno il caso di ringraziarmi."
George disse: "Una cosa da nulla per voi forse, ma per lui vuol dire molto. Dio buono, non so come faremo a convincerlo di coricarsi qui. Vorrà senz'altro dormire coi cani nel fienile. Avremo da fare a impedirgli che si ficchi nella cassetta coi suoi cagnolini."
"Una cosa da nulla," ripeté Slim. "Davvero, non vi sbagliavate sul suo conto. Può darsi che non sia

una cima, ma non ho mai visto un lavoratore simile. Caricava i sacchi, che a momenti mi ammazzava il collega. Non c'è nessuno che la dica con quest'uomo. Dio onnipotente, non ne ho mai veduto uno piú forte di lui."

George parlò con orgoglio. "A Lennie avete soltanto da dire che cosa deve fare, e lui ve la fa, basta che non gli chiediate di impiegare il cervello. Lui non sa pensare quel che deve fare, ma gli ordini li eseguisce sí."

Venne uno squillo di ferro-da-cavallo contro il palo di ferro, dall'esterno, e un applauso di voci.

Slim si tirò leggermente indietro, in modo che la luce non gli desse sul volto. "È strano come voi due ve la dite insieme." Era il pacato invito di Slim alla confidenza.

"Non so. È raro che i lavoranti girino insieme. Non mi ricordo d'aver visto due lavoranti girare insieme. Sapete come sono questa gente; un bel momento arrivano, occupano il letto, lavorano per un mese e poi si licenziano e se ne vanno, soli. Non gliene importa un accidente di nessuno. Cosí, sembra strano che un matto come lui e un ometto in gamba come voi giriate insieme."

"Non è matto," disse George. "È duro assai, ma non è un matto. E neanch'io sono poi una cima, altrimenti non starei a caricare sacchi per i miei cinquanta e rotti. Se valessi di piú, se fossi anche solo un po' in gamba, avrei a quest'ora il mio terreno e farei i miei, di raccolti, invece di rompermi la schiena e neanche toccare quel che la terra frutta." George tacque. Sentiva il bisogno di parlare. Slim non lo incoraggiava né lo dissuadeva. Stava seduto appoggiato, tranquillo e accogliente.

"Non è poi cosí strano, che io e lui giriamo insieme," disse alla fine George. "Siamo nati tutti e due a Auburn. Conoscevo la sua zia Clara. Lo raccolse ch'era un bimbo e lo tirò su. Quando la zia Clara morí, Lennie non fece che venire con me a lavorare. In poco tempo ci si abitua a stare insieme."

"Uhm," disse Slim.

George levò il capo verso Slim e si vide piantati addosso quegli occhi pacati, da padre eterno. "Una volta mi divertivo come un matto in sua compagnia. Gli facevo delle burle, perché era troppo tonto per sapersene guardare. Ma era anche troppo tonto per accorgersi che gli avevo fatto una burla. Mi divertivo. Mi pareva di essere chi sa che cima, accanto a lui. Faceva qualunque sciocchezza gli dicessi! Gli avessi detto di buttarsi giú da un precipizio, lui si buttava. Alla lunga non era piú quel gran divertimento. Non si arrabbiava mai, lui. Gliene ho fatte di tutti i colori e pensare che solo con le mani avrebbe potuto rompermi addosso tutte le ossa, e non mi ha mai torto un capello." La voce di George prendeva il tono di una confessione. "Vi voglio dire come è andata che ho smesso. Una volta eravamo tutta una combriccola, sulla riva del Sacramento. Io mi sentivo tutto ardito. Mi volto a Lennie e gli dico: 'Dentro'. E lui dentro. Non sapeva nuotare tanto cosí. Andò lí lí per annegare prima che lo prendessimo. E per giunta mi fu riconoscentissimo che l'avevo tirato fuori. Dimenticato completamente che gli avevo detto di saltare. Da quella volta, non gli ho piú fatto niente di simile."

"È un bravo ragazzo," disse Slim. "Non c'è bisogno di troppo cervello per essere un bravo ragazzo. Qualche volta mi pare anzi che il cervello faccia l'effetto opposto. Prendete uno che sia davvero in gamba, è difficile che sia una brava persona."

George ammazzolò le carte sparpagliate e cominciò a distendere il suo solitario. I ferri-da-cavallo tonfavano sul terreno esterno. Alle finestre il barlume della sera illuminava ancora i riquadri aperti.

"Io non ho nessuno," disse George. "Ho veduto quelli che girano soli per i *ranches*. Niente bello. Non c'è nessun gusto. Passa il tempo e diventano tipacci. Vengono che attaccano briga con tutti."

"È vero, si fanno tipacci," riconobbe Slim. "Vengono che non hanno piú voglia di scambiare una parola."

"Certo Lennie è un gran brutto impiastro, il piú delle volte," disse George. "Ma a girare con un compagno, ci si abitua e non si può liberarsene."

"Non è un tipaccio," disse Slim. "Si capisce benissimo che Lennie non è un tipaccio."

"Certo che non è un tipaccio. Ma si mette continuamente nei guai, per via che è cosí scemo. Come quella volta a Weed..." S'arrestò, s'arrestò che aveva a mezzo voltata una carta. Sembrò allarmato e sbirciava Slim. "Non ne parlerete con nessuno?"

"Che cosa fece a Weed?", chiese pacato Slim.

"Non ne parlerete? No no, sono certo di no."

"Che cosa fece a Weed?", tornò a chiedere Slim.

"Ecco: vide quella ragazza vestita di rosso. Bastardo d'uno scemo com'è, vuole toccare tutto quello che lo colpisce. Semplicemente sentire al tatto. E cosí tese le mani a tastare quell'abito rosso e la ragazza cacciò uno strillo, e allora Lennie fu tutto sconvolto ma non lasciò la presa perché questa è la sola cosa che gli stia in mente. Intanto la ragazza strillava come un'aquila. Io ero a pochi passi e sentii tutto il baccano; arrivo di corsa, e ormai Lennie era tanto spaventato che non sapeva far altro che stringere di piú. Gli do sulla testa con un picchetto d'uno steccato, perché lasciasse andare. Ma era tanto spaventato che non voleva piú saperne. E avete veduto anche voi che razza di forza è la sua."

Gli occhi di Slim erano dritti e immobili. Annuí molto adagio. "E che avvenne allora?"

George dispose attentissimo la fila del solitario. "Avvenne che la ragazza va difilato dalla giustizia e racconta che le han fatto violenza. E i giovanotti di Weed si mettono in campagna per linciare Lennie. Ci toccò restare sott'acqua in un canale per tutta la giornata. Non avevamo fuori altro che la testa, in mezzo all'erba che cresce sulla sponda del canale. La notte poi ce la battemmo in questa direzione."

Slim tacque un momento. "E alla ragazza non fece del male, uh?", domandò infine.

"Macché. La spaventò solamente. Anch'io mi piglierei paura, se mi mettesse le mani addosso. Ma non le fece nessun male. Voleva soltanto toccare quel vestito rosso, allo stesso modo che non vuole piú smettere di carezzare quei cagnolini."

"Non è un tipaccio," disse Slim. "Io lo conosco, un tipaccio, a un miglio di distanza."

"Certo che non lo è, e poi farebbe qualunque cosa, io..."

Lennie entrò, dalla porta. Teneva la sua giacca di tela turchina buttata sulle spalle come una mantella e camminava aggobbito.

"Ehi, Lennie," disse George. "Ti piace sempre il cagnolino?"

Lennie disse trafelato: "È bianco e marrone proprio come volevo io." Andò difilato alla cuccetta e vi si distese, girò la faccia alla parete e sollevò le ginocchia.

George posò le carte risolutamente. "Lennie," disse secco.

Lennie torse il collo e guardò sopra la spalla. "Eh? Che vuoi, George?"

"Ti ho detto che non dovevi portar qui il cagnolino."

"Che cagnolino, George? Io non ho niente."

George gli andò rapido addosso, l'afferrò per la spalla e lo rivoltò. Ficcò la mano, e gli trasse di sotto il minuscolo cucciolo che Lennie s'era nascosto sul petto.

Lennie si sedette vivamente. "Dammelo, George."

George disse: "Adesso ti alzi e lo riporti nella sua cuccia. Bisogna che dorma con la mamma. Vuoi farlo morire? È nato la notte scorsa e tu lo porti fuori della cuccia. Riportalo subito, altrimenti dico a Slim che te lo prenda."

Lennie tese le mani implorando. "Dammelo, George. Lo riporto indietro. Non credevo fosse male, George. Davvero, non credevo. Volevo soltanto carezzarlo un po'."

George gli tese il cucciolo. "Cosí va bene. Riportalo svelto, e non tirarlo piú fuori. Lo farai morire una bella volta." Lennie sgattaiolò via.

Slim non s'era mosso. I suoi occhi pacati seguirono Lennie fin che fu uscito. "Dio," disse, "è proprio come un ragazzo."

"Davvero, è come un ragazzo. E non farebbe nessun male, proprio come un ragazzo, se non fosse cosí forte. Scommetto che questa notte non verrà qui a dormire. È capace di dormire vicino a quella cassa nel fienile. Faccia come vuole. Non sarà un gran male."

Fuori era ormai quasi buio. Entrò il vecchio Candy, lo scopino, e si diresse alla sua cuccetta: dietro gli faticava il vecchio cane. "Salute, Slim. Salute, George. Non avete giocato, nessuno, ai ferri?"

"Non mi piace giocare ogni sera," rispose Slim.

Candy continuò: "Qualcuno ha un sorso di *whisky*? Mi fa male la pancia."

"Non ne ho," disse Slim. "Ne berrei anch'io se ne avessi, anche senza il mal di pancia."

"Un brutto male di pancia," disse Candy. "Me l'han dato quelle rape del boia. Pensare che lo sapevo, prima ancora di mangiarle."

Entrò, venendo dal cortile fosco, l'atticciato Carlson. Andò diritto in fondo alla baracca e accese la seconda lampadina. "Buio come l'inferno qui," disse "Accidenti, come getta i ferri quel negro."

"È molto bravo," disse Slim.

"Se lo è," disse Carlson. "Non lascia mettere un colpo a nessuno..." S'arrestò e fiutò l'aria, e sempre fiutando, abbassò gli occhi sul vecchio cane. "Dio onnipotente, come puzza. Portatelo fuori, Candy. Non c'è niente che puzzi peggio di un cane vecchio. Bisogna assolutamente che lo mettiate fuori."

Candy si rivoltolò sulla sponda della cuccetta. Allungò la mano e batté leggermente sulla testa del cane decrepito; poi, in tono di scusa: "Gli sono stato tanto insieme che non mi accorgo se puzza."

"Insomma, io qui non ce lo voglio piú," disse Carlson. "Si sente il puzzo anche quando se n'è già andato." Andò a quella volta coi suoi passi pesanti e abbassò gli occhi sul cane. "Non ha denti," disse. "È tutto duro dai reumi. Non fa piú nessun bene a voi, Candy. E non ne fa a se stesso. Perché non gli tirate un colpo, Candy?"

Il vecchio diede un guizzo di disagio. "Ma... diavolo. È con me da tanto tempo. L'ho avuto ch'era appena nato. Mi aiutava a guardare le pecore." Disse con orgoglio: "Non lo credereste a vederlo ora, ma era il miglior cane da pastore che ho mai conosciuto."

Disse George: "Conoscevo un tale a Weed che aveva un Airedale, buono da pastore. Aveva imparato dagli altri cani."

Non era facile distogliere Carlson. "Sentite, Candy. Per questo cane la vita non è piú un piacere. Se lo conduceste fuori e gli sparaste dritto dentro," si chinò e mostrò il punto, "proprio qui, non vedete? non saprebbe mai chi sia stato."

Candy si guardò intorno angosciato. "No," disse sommesso. "No. Non ne avrei la forza. È con me da tanto tempo."

"Per il gusto che trova ancora a vivere," incalzò Carlson. "E poi puzza che fa venir male. Sentite, allora. Gli sparerò io per voi. Cosí voi non ne saprete nulla."

Candy buttò le gambe dalla cuccetta. Si grattò nervosamente la stoppia biancastra della gota. "Sono cosí abituato a stare con lui," disse sommesso. "L'avevo ch'era appena nato."

"Però non avete buon cuore se lo lasciate ancora vivere," disse Carlson. "Pensate, la cagna di Slim ha partorito ieri. Scommetto che Slim ve lo darebbe uno dei suoi cagnolini da tirar su, vero Slim?"

Il capo-cavallante era assorto a studiare il vecchio cane coi suoi occhi pacati. "Certo," disse. "Se lo volete, ce n'è uno anche per voi." Sembrò si liberasse da qualcosa per parlare. "Carlson ha ragione, Candy. Quel cane non fa piú nessun bene neanche a sé. Se diventassi vecchio e storpio, vorrei che ci fosse uno a spararmi."

Candy gli volse un'occhiata disperata, poiché le opinioni di Slim erano legge. "E se dovesse soffrire?", azzardò. "Non mi dà nessun disturbo tenerlo."

Carlson disse: "Nel modo come gli sparerei, non sentirebbe niente. Punterei la pistola qui." Mostrò la nuca con la punta della scarpa. "Dritto dentro la testa. Non darebbe nemmeno un brivido."

Candy trascorse, cercando aiuto, da un viso all'altro. Fuori era ormai completamente buio. Entrò un giovane bracciante. Le sue spalle ricurve si piegavano innanzi e calcava pesantemente il passo, come se portasse un invisibile sacco. Andò alla sua cuccetta e depose il cappello nello scaffale. Poi prese dallo scaffale una rivista e la portò in luce sul tavolo. "Avete già veduto, Slim?", chiese.

"Veduto cosa?"

Il giovanotto sfogliò la rivista all'ultima pagina, la posò sul tavolo e indicò col dito. "Qui. Leggete." Slim si piegò innanzi. "Avanti," disse il giovanotto. "Leggete forte."

"Egregio Direttore," Slim lesse lentamente, "Da sei anni leggo la vostra rivista e penso che sia la migliore in commercio. Mi piacciono i racconti di Peter Rand. Penso che è un grand'uomo. Io non scrivo molte lettere. Ho però creduto di dirvi che la vostra rivista è la spesa migliore che ho mai fatto."

Slim levò gli occhi interrogativamente. "E perché vuoi che legga?"

Whit disse: "Andate avanti. Leggete la firma."

Slim lesse: "Vostro per il successo, William Tenner."

Levò di nuovo gli occhi in faccia a Whit: "Perché debbo leggere questo?"

Whit chiuse la rivista solennemente. "Non ve lo ricordate Bill Tenner? Lavorava qui un tre mesi fa."

Slim pensava. "... Uno piccolotto?", chiese. "Manovrava l'erpice?"

"Lui," gridò Whit. "Proprio lui!"

"Credi sia lui che abbia scritto la lettera?"

"Sono certo. Io e Bill eravamo qui un giorno.

Aveva uno di quei libri, arrivato allora. Cerca dentro e dice: 'Ho scritto una lettera. Chi sa se l'hanno messa nel libro'. Ma non c'era. Dice Bill: 'Magari la tengono per un'altra volta'. Hanno proprio fatto cosí. È questa."

"Hai ragione," disse Slim. "L'hanno messa nel libro."

George tese la mano verso la rivista. "Si può vedere?"

Whit ritrovò la pagina, ma non volle cederla in mano d'altri. Additò la lettera con l'indice. Poi andò allo scaffale e vi depose accuratamente la rivista. "Chi sa se Bill l'ha veduto," disse. "Lavoravamo tutti e due nel seminato dei piselli laggiú. All'erpice, tutti e due. Era un ragazzo come si deve, Bill."

Durante questa conversazione Carlson non s'era lasciato distogliere. Guardava sempre, occhi bassi, il vecchio cane. Candy, sulle spine, lo sorvegliava. Alla fine Carlson disse: "Se siete d'accordo, levo da soffrire questa bestiaccia stasera subito e la faccio finita. Che cosa gli resta, tanto? Non mangia, non ci vede, non può nemmeno camminare senza farsi male."

Candy disse con un filo di speranza: "Non avete la pistola."

"Cribbio se ce l'ho. Una Luger. Non lo farà soffrire affatto."

Candy disse: "Domani, magari. Aspettiamo domani."

"Non ne vedo il motivo," riprese Carlson. Andò alla sua cuccetta, cavò di là sotto il suo sacco, e ne estrasse una pistola Luger. "Facciamola finita," disse. "Non possiamo piú dormire col puzzo di questa bestia." Si ficcò la pistola nella tasca posteriore dei pantaloni.

Candy guardò a lungo in direzione di Slim, sperando un pentimento. E Slim non ne ebbe. Alla fine Candy mormorò disperato: "Va bene... prendilo." Non abbassò gli occhi sul cane. Si adagiò nella cuccetta, incrociandosi le braccia dietro il capo e fissando il soffitto.

Carlson trasse di tasca una correggetta di cuoio. Si chinò e la legò al collo del vecchio cane. Tutti i presenti, salvo Candy, osservavano. "Andiamo bello, su bello," disse con dolcezza. Poi si rivolse in tono di difesa a Candy: "Non sentirà nemmeno." Candy non si mosse né gli diede risposta. Carlson tirò a sé il guinzaglio. "Su bello, andiamo." Il vecchio cane si mise adagio e con pena in piedi e seguí il guinzaglio che lo tirava leggero.

Disse Slim: "Carlson."

"Ehi?"

"Sapete come fare?"

"In che senso, Slim?"

"Prendete una pala," disse Slim brevemente.

"Oh, certo, ho capito." Condusse il cane fuori al buio.

George li seguí fino alla porta, che chiuse rimettendo dolcemente a posto il paletto. Candy era steso rigido sul letto e fissava il soffitto.

Slim disse ad alta voce: "Una delle mie mule di guida ha lo zoccolo rotto. Dovrò dargli del catrame." Le parole morirono adagio. Fuori, tutto taceva. Anche le pedate di Carlson dileguarono. Tutto tacque anche nella baracca. E il silenzio persisteva.

George se la ridacchiò. "Scommetto che Lennie è nel fienile col suo cagnolino. Non vorrà piú saperne di stare qui, adesso che ha un cagnolino."

Disse Slim: "Candy, prenderete quale vorrete di quei cani."

Candy non rispose. Ricadde nella baracca il silenzio. Usciva dalla notte e invadeva la stanza. George disse: "Nessuno vuol giocare un po' d'*euchre*?"

"Qualche mano la faccio io," disse Whit.

Presero posto l'uno di fronte all'altro al tavolo sotto la lampada, ma George non mescolò le carte. Fece nervosamente crepitare di taglio il mazzo e quel piccolo secco rumore fece volgere gli occhi a tutti i presenti, sicché smise quel gesto. Ricadde nella baracca il silenzio. Un minuto passò, e poi un altro. Candy giaceva immobile fissando il soffitto. Slim gli posò un attimo gli occhi addosso e poi si considerò le mani; ne mise una sotto l'altra e ve le tenne giú. Venne un rodío leggero da sotto il pavimento e tutti abbassarono gli occhi in quella direzione con sollievo. Soltanto Candy non distolse gli occhi dal soffitto.

"Mi dà l'aria che qui sotto ci sia un topo," disse George. "Bisognerebbe appostarci una trappola."

Whit non ne poté piú: "Per che cribbio ci mette tutto questo tempo? E voi, date qualche carta almeno. A questo modo, non si gioca piú."

George restrinse insieme le carte e ne studiò il rovescio. Era tornato nella baracca il silenzio.

Scoppiò in distanza uno sparo. Tutti i presenti levarono gli occhi sul vecchio. Tutte le teste si volsero.

Quello per un istante continuò a fissare il soffitto. Poi si rivoltolò adagio, fronteggiò la parete e giacque muto.

George mischiò rumorosamente le carte e le distribuí. Whit trasse a sé una tavoletta segna-punti e preparò i legnetti. Disse: "Credo che voialtri due siate venuti per lavorare sul serio."

"Come sarebbe a dire?", chiese George.

Whit rideva. "Vistó che arrivate al venerdí. Ci sono due giorni di lavoro prima della domenica."

"Non capisco l'idea," disse George.

Whit si mise a ridere un'altra volta. "La capireste se aveste girato molto in questi grossi *ranches*. Il tipo che vuol solamente farsene una idea arriva nel *ranch* il sabato pomeriggio. La sera mangia la cena, l'indomani domenica i tre pasti, e può andarsene il mattino del lunedí dopo colazione senza aver mosso un dito. Voi invece arrivate al venerdí, sul mezzogiorno. Un giorno e mezzo di lavoro ce lo dovete mettere, qualunque conto facciate."

George gli squadrò gli occhi addosso. "Abbiamo intenzione di fermarci parecchio," disse. "Io e Lennie dobbiamo farci il gruzzolo."

La porta s'aperse cheta e fece capolino la testa del garzone, una scarna testa di negro, impressa di sofferenza, dagli occhi pazienti. "Signor Slim."

Slim distolse gli occhi dal vecchio Candy.

"Eh? Oh, salve, Crooks. Che c'è?"

"Mi avevate detto di scaldare del catrame per il piede di quella mula. È pronto."

"Oh, ma sí, Crooks. Verrò subito a darglielo."

"Posso far io, se volete, signor Slim."

"No, no. Verrò io." Si alzò.

Crooks disse: "Signor Slim."

"Ehi."

"Quel lavorante nuovo pasticcia troppo in fienile, coi vostri cani."

"Lascia, non fa niente di male. Gli do uno dei cani."

"Creduto bene di dirvelo," disse Crooks. "Li cava dalla cuccia e li mette di qua e di là. Questo non fa loro certo bene."

"Non li maltratterà, certo," disse Slim. "Vengo subito con te."

George levò il capo. "Se quel bastardo dell'accidente fa troppo lo scemo, calci nel didietro, Slim."

Slim uscí seguendo il garzone di stalla.

George distribuí il gioco e Whit raccolse le sue carte esaminandole: "Già veduta la nuova manzetta?"

"Che manzetta?", chiese George.

"Diavolo, la sposa di Curley."

"L'ho veduta. Sí."

"E be', non è un bel tocco?"

"Questo non ho guardato," disse George.

Whit depose ostentatamente le carte. "Allora, stateci attento e aprite bene gli occhi. Vedrete fin che vorrete. Quella non nasconde niente. Non ho mai trovato un tipo simile. Non smette un momento di fare l'occhio a tutti quanti. Gioco che lo fa perfino al garzone negro. Non capisco che cribbio voglia."

George domandò come a caso: "Non ci son stati dei guai sinora?"

Era evidente che le carte non interessavano Whit. Posò la sua mano e George la raccolse. Poi George distribuí deliberatamente il suo solitario: sette carte e sopra sei, e sopra ancora cinque.

Whit disse: "Capisco quel che pensate. No, finora non ce n'è stati. Curley ha un nido di vespe nei calzoni, ma la cosa è ancora lontana. Tutte le volte che ci siamo noi, quella compare. O che cerca Curley o che ha creduto di aver dimenticato qualcosa e lo viene a prendere. Pare che non riesca a star lontana dai lavoranti. E Curley ci ha i carboni nelle brache, ma sinora non è successo nulla."

George disse: "Quella donna farà un guaio. Farà nascere certo qualche brutto guaio. È una trappola da galera bell'e aperta. Quel Curley si è presa una brutta gatta da pelare. Un *ranch* pieno di giovanotti non è un posto adatto per una ragazza, specialmente di quel genere."

Disse Whit: "Se siete un uomo d'idee, domani sera dovreste venire con noi in città."

"Perché? Si fa qualcosa?"

"Uh, il solito. Andiamo dalla vecchia Susy. Un posto che è una bellezza. Susy è un divertimento: sempre la sua da dire. Come l'ultimo sabato, appena salito lo scalino; Susy apre la porta e grida voltandosi: 'Mettete la camicetta, ragazze, arriva lo sceriffo'. E neanche non parla mai sporco. Ci sono cinque ragazze."

"E quanto viene a costare?", chiese George.

"Due e mezzo. Con venti soldi poi si beve un bicchiere. Susy ha delle bellissime poltrone da sedersi. Uno che voglia farla franca, macché! si butta su una poltrona, beve un paio di bicchieri e si passa la sera, senza che Susy dica crepa. Non è di quelle che tormentano i clienti e li buttano fuori, quando non si muovono."

"Si potrebbe passarci a dare un'occhiata," disse George.

"Ma certo. Venite. È un posto divertente quanto mai, con lei che via uno scherzo l'altro. Una volta ci dice: 'Ho conosciuto delle persone che quando hanno uno straccio di tappeto per terra e una lampada di maiolica sul grammofono, si credono di tenere una casa allegra'. Parlava del locale di Clara. E dice: 'Io so quello che vogliono questi ragazzi'. Dice: 'Le mie ragazze sono pulite e dentro il *whisky* non ci metto dell'acqua. Se c'è qualcuno di voi che vuol dare un'occhiata a una lampada di maiolica e mettersi nel rischio di ammalarsi, sa dove deve andare', dice."

George domandò: "È Clara la padrona dell'altro?"

"Sí," rispose Whit. "Noi non ci andiamo mai. Clara prende tre dollari per mano e trentacinque *cents* al bicchiere, e non dice una volta una parola da ridere. Ma il locale di Susy è pulito e ci sono belle poltrone. E poi non lascia entrare cani e porci."

"Io e Lennie mettiamo da parte," disse George. "Potrei venirci a sedermi e bere una volta, ma i due dollari e mezzo non li spendo di sicuro."

"Una volta ogni tanto un po' di svago ci vuole," disse Whit.

Si aprí la porta, e Lennie e Carlson entrarono insieme. Lennie sgattaiolò verso la cuccetta e si sedette, cercando di passare inosservato. Carlson stese la mano sotto la propria e trasse fuori il sacco. Non posò gli occhi sul vecchio Candy che giaceva sempre silenzioso, volto alla parete. Carlson cercò nel sacco una bacchettina e una scatola d'olio. Posò tutto sul letto e poi estrasse la pistola, tolse il caricatore e scacciò il proiettile dalla camera di scoppio. Si mise a strofinare la canna con la bacchettina. Allo scatto dell'espulsore, Candy si girò e fissò per un attimo la pistola prima di rivolgersi alla parete.

Carlson disse in tono casuale: "È già venuto Curley?"

"No," disse Whit. "Che cosa gli ha preso, a Curley?"

Carlson applicò l'occhio alla canna della pistola.

"È in cerca di madama. L'ho visto fuori che girava."

Whit disse sarcastico: "Passa mezzo il suo tempo a cercarla, e il tempo che resta lo passa lei a cercar lui."

Piombò nella stanza Curley, tutto agitato. "Qualcuno ha veduto mia moglie?", domandò.

"Qui non c'è stata," disse Whit.

Curley squadrò minaccioso tutta la stanza. "Dove s'è ficcato Slim?"

"È andato in fienile," disse George. "Doveva dare il catrame allo zoccolo di una mula."

A Curley s'afflosciarono le spalle e poi si tesero. "Da quanto tempo è via?"

"Cinque... dieci minuti."

Curley infilò la porta e se la sbatté dietro.

Whit s'alzò in piedi. "Quasi quasi è una cosa che vorrei vedere," disse. "Curley non è piú lui, altrimenti non si metterebbe con Slim. Curley è svelto di mano, accidenti se è svelto. È entrato in finale per i Guanti d'Oro. Ho tutti i ritagli dei giornali." Si fermò a pensare. "Però farebbe meglio a non cimentarsi, con Slim. Nessuno può sapere di che cosa è capace Slim."

"Crede che Slim sia con sua moglie, no?" chiese George.

"Pare," disse Whit. "E Slim non c'è, poco ma sicuro. Almeno, io sono convinto di no. Ma voglio vedere il baccano, se succede. Venite, andiamo."

George disse: "Io resto qui. Non voglio mettermi in nessun imbroglio. Io e Lennie dobbiamo fare dei soldi."

Carlson finí la pulizia dell'arma e la mise nel sacco e spinse il sacco sotto la cuccetta. "Quasi quasi esco e do anch'io un'occhiata," disse. Il vecchio Candy giaceva immobile, e Lennie dalla cuccetta osservava George, cauto.

Quando Whit e Carlson furono usciti e la porta si richiuse alle loro spalle, George si volse a Lennie: "Che cosa mi stai combinando?"

"Non ho fatto niente, George. Slim ha detto che era meglio non carezzare piú tanto i cagnolini, per ora. Slim dice che non gli fa bene; allora sono subito venuto qui. Sono stato buono, George."

"Ti avrei detto cosí anch'io," disse George.

"No, ma non gli facevo mica male. Tenevo soltanto il mio sulle ginocchia per carezzarlo."

George domandò: "Hai veduto Slim nel fienile?"

"Sí che l'ho veduto. M'ha detto di non carezzare piú il cagnolino."

"Hai veduto la ragazza?"

"La ragazza di Curley?"

"Sí. Era nel fienile?"

"No. Io, almeno, non l'ho vista."

"Non hai veduto mai Slim parlare con lei?"

"Uh-uh. Nel fienile non c'era."

"Bravo," disse George. "Allora quelli per stavolta non vedono nessuno picchiarsi. Se qualcuno si picchia, Lennie, tu non immischiartene."

"Io non voglio picchiarmi," disse Lennie. Scese dalla cuccetta e si sedette al tavolo, dirimpetto a George. Quasi automaticamente George mischiò le carte e dispose il suo solitario. Faceva con una deliberata, pensosa lentezza.

Lennie tese la mano a una figura e la esaminò, poi la capovolse e l'esaminò ancora. "Uguale di sopra e di sotto," disse. "George, perché è uguale di sopra e di sotto?"

"Non so," rispose George. "Le fabbricano cosí. E che cosa faceva Slim nel fienile, quando tu l'hai veduto?"

"Slim?"

"Ma sí. L'hai veduto nel fienile e ti diceva di non carezzare troppo i cagnolini."

"Davvero. Aveva un vaso di catrame e un pennello. Non so per che farne."

"Sei certo che quella ragazza non sia entrata, come oggi qui?"

"No. Non è entrata."

George trasse un sospiro. "Queste trappole da galera sono l'esca davanti al fucile."

Lennie ascoltò le sue parole con ammirazione e agitava un po' le labbra per tenergli dietro. George riprese: "Te lo ricordi Andy Cushman, Lennie? Che andava a scuola?"

"Quello che la sua vecchia faceva le focacce calde per i bambini?", chiese Lennie.

"Ecco, proprio quello. Tu ricordi sempre tutto, quando c'entra roba da mangiare." George studiò con cura il suo solitario. Depose un asso nella fila di partenza e vi accumulò sopra un due, un tre e un quattro di quadri. "Ebbene, Andy si trova a San Quentin proprio per via di una ragazza cosí," disse George.

Lennie tamburellò sul tavolo con le dita. "George?"

"Eh?"

"George, quanto tempo ci vuole ancora prima che abbiamo quel posto e viviamo del grasso della terra... e i conigli?"

"Non lo so," disse George. "Ci toccherà fare un bel gruzzolo insieme. So un posticino che ci verrebbe a buon prezzo, ma nemmeno non lo dànno per niente."

Il vecchio Candy si girò lentamente. Aveva gli occhi spalancati. Prese a guardare intento George.

Lennie disse: "Dimmi di quel posto, George."

"Ne abbiamo parlato solo ieri notte."

"Su... dimmi ancora, George."

"Dunque, sono dieci acri," disse George. "C'è un piccolo mulino. C'è sopra una baracchetta e il pascolo delle galline. C'è la cucina, l'orto, le ciliegie, le mele, le pesche, le albicocche e le noci. C'è il terreno per l'alfalfa, e acqua fin che si vuole, da inondare tutto. C'è il chiuso per i maiali..."

"E per i conigli, George?"

"Per i conigli no, adesso non c'è ma potrò facilmente inchiodare delle gabbie e tu andrai a raccogliere l'alfalfa per loro."

"Sicuro, che andrò," disse Lennie. "Accidenti se andrò."

Le dita di George cessarono di manipolare le carte. La voce si fece piú calorosa. "Potremo tenere dei maiali. Io farei magari la camera apposta, come quella del nonno, e quando uccideremo un maiale potremo affumicare il lardo e le cosce, e fare i salami e tutto il resto. E quando il salmone risale, potremo pescarne qualche centinaio, e salarli oppure affumicarli. Ce ne sarebbe da mangiare a colazione. Non c'è niente di piú fino del salmone salato. Alla stagione della frutta, potremo mettere in scatola... i pomodori, è facilissimo metterli in scatola. Alla domenica ammazzeremo un pollo oppure un coniglio. Magari potremo tenere la mucca o la capra, e la panna sul latte sarà cosí spessa che la dovremo tagliare col coltello e prenderla col cucchiaio."

Lennie gli spalancava gli occhi in faccia, e anche il vecchio Candy lo guardava. Lennie disse sommesso: "Potremo vivere del grasso della terra."

"Certamente," disse George. "Avremo nell'orto ogni sorta di verdura, e se ci occorresse un po' di whisky potremo vendere delle uova o altro, o anche del latte. Si starebbe sempre là. Quella sarebbe casa nostra. Non ci toccherebbe piú di correre per questo paese a mangiare quello che ci dà un giapponesaccio. Nossignore, avremmo un posto che sarebbe casa nostra e non dormiremmo piú in nessuna baracca."

"Dimmi della casa, George," supplicò Lennie.

"Certamente, sarà una casetta piccola con una stanza per noi. E una stufetta di ferro a pancia, che nell'inverno terremo sempre accesa. Non avremo molta terra, per non dover lavorare troppo. Sei, forse sette ore al giorno. Non ci toccherebbe piú di portare l'orzo undici ore al giorno. E se semineremo un raccolto, ci saremo là noi a ritirarcelo. Sapremo cosa rendono le nostre piantagioni."

"E i conigli," disse Lennie fervorosamente. "Io li accudirei. Di' come farò, George."

"Certo, andrai nell'alfalfa e porterai il sacco. Ne raccoglierai un sacco e tornerai a vuotarlo nelle gabbie dei conigli."

"Allora rosicchierebbero, rosicchierebbero," disse Lennie, "come fanno sempre. Li ho veduti."

"Ogni cinque o sei settimane," continuò George, "le coniglie farebbero covate di coniglietti e cosí ce ne sarebbe in abbondanza per mangiare e per vendere. Terremo anche dei colombi perché volino intorno al nostro mulino, come facevano quando io ero bambino." Fissò uno sguardo rapito alla parete dietro il capo di Lennie. "E sarebbe proprio roba nostra, chi potrebbe ancora mandarci via? Se la faccia di qualcuno non ci piace, gli diremo: 'Va' fuori delle scatole', e perdio dovrà andarsene. E se viene a trovarci un amico, allora ci sarà un letto apposta, e gli potremo dire: 'Perché non ti fermi fino a domani?' e perdio lui si fermerà. Avremo un cane da ferma e un paio di gatti screziati, ma devi stare attento, Lennie, che i gatti non ti prendano i conigli piccoli."

Lennie respirò a fatica. "Lascia che provino a toccare i conigli e gli tirerò il collo a tutti. Li... li sfracellerò a bastonate." Si chetò, brontolando tra sé, minacciando i futuri gatti se avessero osato disturbare i futuri conigli.

George sedeva incantato del quadro che aveva fatto.

Quando Candy parlò, trasalirono tutti e due, come li avessero sorpresi a far qualcosa che non andava. Disse Candy: "Voi sapete dove possa essere un posto cosí?"

George si mise immediatamente sulla difensiva. "E quando fosse," disse, "a voi che interessa?"

"Non c'è mica bisogno che mi diciate dov'è. Potrebbe essere ovunque."

"E già," disse George. "Questo sí. Non lo trovereste nemmeno in cent'anni."

Candy riprese, tutto in orgasmo: "Quanto chiedono per un posto simile?"

George lo scrutò sospettosamente. "Ecco... io potrei averlo per seicento dollari. Quei vecchi che ce l'hanno, sono in bolletta e la vecchia ha bisogno di un'operazione. Ma dite: a voi che interessa? Con noi non c'entrate."

Candy disse: "Non servo piú a molto con una mano sola. E l'ho perduta qui nel *ranch*. È per questo che mi hanno dato un posto di scopino. E un risarcimento di duecento e cinquanta dollari per la mano perduta. Ora come ora, alla banca ne ho altri cinquanta di economie. Fanno trecento e alla fine del mese ne verranno altri cinquanta. Vi dirò..." Si sporse innanzi avidamente. "Che ne direste se mi mettessi con voi? Sarebbero trecento e cinquanta belli e buoni. Non valgo piú molto, ma far la cucina saprei, e accudire ai polli e dare un colpo di zappa nell'orto. Che ne dite?"

George chiuse a mezzo gli occhi. "È una cosa da pensarci. La nostra intenzione è sempre stata di fare da soli."

Candy lo interruppe: "Vi farei un testamento, lasciandovi tutta la mia parte in caso che morissi, visto che non ho parenti né altro. E voi ne avete dei soldi? Chi sa che non si possa far subito."

George sputò sul pavimento dal disgusto. "Abbiamo dieci dollari in tutto." Poi disse meditabondo: "Sentite, se io e Lennie lavoriamo ancora un mese e non spendiamo nulla, saranno cento dollari. Farebbe quattrocento cinquanta. Scommetto che con questa cifra ci potremmo arrivare. E voi con Lennie potreste cominciare subito, io cercherei un altro lavoro e guadagnerei quello che manca; voi intanto vendereste le uova e altre cose."

Tutti tacquero. Si guardavano in faccia sbalorditi. Il sogno, cui non avevano mai creduto veramente, stava per realizzarsi. George disse reverente: "Dio del cielo, scommetto che ci potremmo arrivare." I suoi occhi erano tutta meraviglia.

"Scommetto che ci potremmo arrivare," ripeté sommesso.

Candy si mise a sedere sulla sponda della cuccetta. Si grattò nervoso il moncherino del polso. "Quattr'anni fa ho avuta la disgrazia," disse. "Uno di questi giorni mi manderanno a spasso. La prima volta che non sarò piú capace di spazzare le baracche, mi faranno filare per i campi. Invece se vi do i miei soldi, mi lascereste magari zappare l'orto, anche quando non ce la farò piú. E laverò i piatti e mi occuperò dei polli; cose cosí. Ma saremo in casa nostra e potrò fare il mio lavoro in casa nostra." Disse sconsolatamente: "Vedete che cosa hanno fatto questa sera al mio cane? Dicevano che non faceva piú nessun bene né per sé né per gli altri. E il giorno che mi metteranno fuori, io vorrei che qualcuno mi tirasse un colpo. Ma questo invece non lo faranno. Io resterò senza un posto dove andare, e non troverò piú nessun lavoro. Debbo avere altri trenta dollari, per il giorno che voi sarete pronti a partire."

George si alzò in piedi. "Ce la faremo," disse. "Prenderemo quella casetta e andremo a viverci." Tornò a sedersi. I tre stettero queti, tutti imbambolati nel portento della cosa, ciascuno lanciato nel futuro dove la cosa tanto bella si sarebbe avverata.

George disse incredulo: "Pensate che venga un carnevale o un circo in città, o una partita al pallone, o qualunque altro cribbio..." Il vecchio Candy annuí in apprezzamento dell'idea; "... e noi ci andiamo senz'altro. Non avremo da chiedere il permesso a nessuno. Solo da dire: 'Ci andiamo' e ci andremo. Solo mungere la vacca, buttare un pugno di roba alle galline e poi via."

"E dare l'erba ai conigli," si intromise Lennie. "Non dimenticherò certo i conigli. Quando ci mettiamo, George?"

"Fra un mese. Fra un mese e basta. Sapete quel che farò? Scriverò a quei vecchi della casa, che faremo l'affare. E Candy manderà cento dollari per impegnarli."

"Li mando sí," disse Candy. "Hanno anche una buona stufa?"

"Sicuro, una stufa magnifica, che va a legna e carbone."

"Porterò il mio cagnolino," disse Lennie. "Giuda, sono sicuro che ci starà a meraviglia, accidenti."

Delle voci si accostavano dall'esterno. George disse rapido: "Non parliamo della cosa con nessuno. Ci siamo noi tre e basta. Sarebbero capaci di mandarci a spasso per non lasciarci mettere da parte i soldi. Bisogna fare come se avessimo intenzione di continuare a caricar orzo tutta la vita, poi un bel giorno di punto in bianco si va a prendere la paga e si taglia la corda."

Lennie e Candy approvarono, scoprendo i denti dalla gioia. "Non parliamone con nessuno," disse Lennie tra sé.

Candy disse: "George."

"Eh?"

"Avrei dovuto sparare io a quel cane. Non avrei dovuto lasciare che un terzo gli sparasse."

La porta s'aperse. Entrò Slim, seguito da Curley, da Carlson e da Whit. Aveva le mani sporche di catrame e guardava torvo. Gli veniva Curley al fianco.

Curley diceva: "Sentite, non volevo offendervi, Slim. Chiedevo solamente."

E Slim: "È da un pezzo che non fate altro che chiedere. Io ne ho le scatole piene. Se non siete capace voi di tener d'occhio questa moglie del cribbio, che cosa volete che ci faccia io? Girate alla larga."

"Ma io vi spiegavo appunto che non volevo offendervi," disse Curley. "Pensavo solamente che forse l'avevate veduta."

"Perché non le dite una buona volta di starsene chiusa in casa sua?", interruppe Carlson. "La lasciate gironzolare tra le baracche; verrà il giorno che ve ne farà qualcuna e non potrete piú farci niente."

Curley si buttò su Carlson: "Voi state zitto se non volete pigliare la porta."

Carlson scoppiò in una risata: "Puzzone del boia," disse. "Cercavate di mettere paura a Slim, ma non ci siete riuscito. È Slim che l'ha messa a voi. Siete piú giallo della pancia di una rana. Me ne infischio che siate il miglior peso piuma del paese. Fatevi sotto, e vi stacco la testa a calci."

Candy si uní all'attacco con gioia. "Carogna," disse con disgusto. Curley gli piantò gli occhi addosso. Gli occhi gli scivolarono oltre e si posarono su Lennie. Lennie sorrideva ancora, rapito al pensiero del *ranch*.

Curley andò verso Lennie come un cane *terrier*. "Che cos'hai tu da ridere?"

Lennie gli diede uno sguardo vuoto: "Eh?"

Allora scoppiò il furore di Curley. "Fatti sotto, maledetta carogna. Drizzati in piedi. Nessun mascalzone grande e grosso come te, mi può ridere dietro. Ti farò veder io chi è giallo."

Lennie guardò disperatamente verso George, e poi s'alzò, cercando di ritrarsi. Curley era in guardia e librato. Menò a Lennie col sinistro, e poi gli calò il destro sul naso. Lennie cacciò un urlo di terrore. Dal naso sgorgò il sangue. "George," urlò, "di' che mi lasci stare, George." Indietreggiò finché non ebbe le spalle al muro, e Curley lo incalzava, picchiandolo sul viso. Le mani di Lennie pendevano inerti: era troppo sgomento per pensare a difendersi.

George saltò in piedi, gridando: "Dàgli, Lennie. Non lasciarti picchiare."

Lennie si coperse il viso con le manone e gemette dal terrore. Gridava: "Di' che si fermi, George." Allora Curley gli tirò allo stomaco mozzandogli il fiato.

Slim balzò. "Bestia schifosa," gridava, "gliela darò io."

George tese la mano e afferrò Slim. "Un momento," vociò. Si fece portavoce delle mani alla bocca e urlò: "Dàgli, Lennie."

Lennie si tolse le mani dal viso e guardò intorno cercando George. Curley gli menò agli occhi. Il grosso viso s'inondò di sangue. George urlò un'altra volta: "Ti ho detto di dargliele."

Il pugno di Curley passava in aria quando Lennie tese la mano. Un istante dopo Curley si sbatteva come un pesce alla lenza, e il suo pugno chiuso era scomparso nella manona di Lennie. George si precipitò attraverso la stanza. "Lascialo, Lennie, lascialo."

Ma Lennie guardava, occhi sbarrati dal terrore, l'ometto guizzante che teneva. Giú dal viso di Lennie scorreva il sangue; aveva un occhio accecato da un taglio. George gli diede schiaffi su schiaffi in faccia, ma Lennie non lasciava la presa del pugno. Curley era ormai bianco e afflosciato, e i suoi sforzi eran debole cosa. Pendeva piangente, col pugno perduto nella morsa di Lennie.

George riprese a urlare: "Lascia la mano, Lennie. Lasciala. Slim, aiutatemi, finché c'è ancora un pezzo di mano."

D'un tratto Lennie lasciò la presa. Si addossò atterrito alla parete. "Me l'hai detto tu, George," disse angosciato.

Curley s'era abbandonato sul pavimento e fissava stupefatto la mano stritolata. Si piegarono su di lui Slim e Carlson. Poi Slim si raddrizzò e considerò Lennie con un'aria inorridita. "Bisogna che lo portiamo da un dottore," disse. "Ho idea che nemmeno un osso della mano sia ancora intiero."

"Io non volevo," gemette Lennie. "Io non volevo fargli male."

Slim disse: "Carlson, pensate ad attaccare il car-

retto. Lo porteremo a Soledad per farlo medicare."
Carlson uscí svelto. Slim si volse a Lennie che piagnucolava. "La colpa non è vostra," disse. "Questo puzzone se l'è cercata da sé. Ma... accidenti. Quasi non ha piú mano." Slim corse fuori e tornò in un attimo con una tazza di latta piena d'acqua. La accostò alle labbra di Curley.

Disse George: "Slim, non ci manderanno mica a spasso, ora? Abbiamo bisogno di soldi. Ci manderà a spasso ora, il vecchio?"

Slim sorrise ambiguo. S'inginocchiò presso Curley. "Siete abbastanza in voi per starmi a sentire?", gli chiese. Curley annuí. "E allora, sentite," continuò Slim. "La mia idea è che vi è stata presa una mano in una macchina. Se voi non racconterete a nessuno com'è andata, neanche noi parleremo. Ma se aprite bocca e cercate di far licenziare quest'uomo, noi la racconteremo a tutti e ci guadagnerete che vi rideranno dietro."

"Non parlerò," disse Curley. Evitò d'incontrare gli occhi di Lennie.

Cigolarono dall'esterno le ruote d'un carrozzino. Slim tirò Curley in piedi. "Ora venite. Carlson vi porterà dal dottore." Lo aiutò a raggiungere la porta. Il cigolío delle ruote s'allontanò. Un istante dopo Slim era tornato nella baracca. Guardò Lennie, sempre addossato paurosamente alla parete. "Vediamo queste mani," disse.

Lennie tese le mani.

"Dio onnipotente, non vorrei che ce l'aveste con me," disse Slim.

Intervenne George: "Lennie era solo spaventato," spiegò. "Non sapeva che fare. Ve lo dissi che nessuno dovrebbe mai mettersi contro di lui. No, è a Candy che ho detto questo."

Candy annuí solennemente. "È stato proprio cosí," disse. "Giusto stamattina, quando Curley si è scontrato la prima volta col vostro amico, voi avete detto: 'Farebbe meglio a non scherzarci, con Lennie, se sa il fatto suo'. Questo avete detto, proprio."

George si rivolse a Lennie. "Non è colpa tua," disse. "Non c'è piú bisogno di avere paura. Hai fatto proprio quello che ti ho detto. Sarà meglio che tu vada al lavatoio e ti pulisca la faccia. Fai spavento."

Lennie sorrise con la sua bocca pesta. "Io non volevo fare guai," disse. Si diresse alla porta, ma c'era quasi giunto che si volse. "George?"

"Che vuoi?"

"Potrò ancora accudire ai conigli, George?"

"Certo. Non hai fatto niente di male."

"Io non volevo fare del male, George."

"Sí, sí, adesso fila e lavati la faccia."

PARTE QUARTA

Crooks, il garzone di stalla negro, aveva la cuccetta nel ripostiglio dei finimenti, una baracchetta appoggiata alla parete del fienile. Su un fianco della minuscola stanza c'era un riquadro a quattro vetri, e sull'altro uno stretto usciolo d'assi che metteva nel fienile. La cuccetta di Crooks era una lunga cassa piena di paglia con sopra gettate le coperte. Nella parete accanto alla finestra c'erano dei cavicchi donde pendevano finimenti rotti in corso di riparazione e strisce nuove di cuoio; sotto la finestra poi, un banchetto per utensili da lavorare il cuoio, coltelli ricurvi, aguglie, gomitoli di filo di lino e una macchinetta per ribadire a mano. Dai cavicchi pendevano pure pezzi di bardatura, una collaressa spaccata che mostrava l'imbottitura di crine, un reggibriglie rotto, e una catena da tiro, col suo rivestimento di cuoio screpolato. Crooks aveva anch'egli una cassa da frutta sopra la cuccetta e, dentro, una schiera di boccette di medicinali, tanto per sé che per i cavalli. C'erano vasi di sapone da sella, e un vaso traboccante di catrame col pennello che sporgeva. Sparpagliati sul pavimento, poi, c'erano in abbondanza oggetti personali, giacché, alloggiando solo, Crooks poteva lasciare in giro le sue cose, e siccome era un garzone di stalla e storpio, era piú sedentario di tutti gli altri e aveva accumulato piú oggetti che non potesse portarsene sulla schiena.

Crooks possedeva diverse paia di scarpe; un paio di stivali di gomma, una grossa sveglia e un fucile da caccia a una canna. E aveva pure dei libri: un dizionario stracciato e una copia tutta pesta del codice civile di California per l'anno 1905. In uno scaffale particolare sopra la cuccetta c'erano delle riviste malconce e qualche altro sudicio libro. Un paio di grossi occhiali cerchiati d'oro pendeva da un chiodo alla parete sopra il letto.

La stanza era scopata e discretamente pulita, perché Crooks era un uomo altero, riservato. Manteneva le distanze ed esigeva che anche gli altri le mantenessero. Il suo corpo era piegato a sinistra dalla spina spezzata, e gli occhi lucevano profondi dentro il capo e parevano, a causa della profondità, intensamente sfavillanti. Il volto scarno era orlato di nere rughe profonde e aveva labbra sottili stirate dalla sofferenza, piú chiare del resto.

Sabato sera. Attraverso la porta spalancata del fienile veniva il rumore di cavalli irrequieti, di piedi in movimento, di denti maciullanti il fieno e il tintinnare delle catene. Nella stanzetta del garzone una piccola lampadina elettrica gettava una povera luce gialla.

Crooks era seduto sulla cuccetta. Aveva la falda posteriore della camicia fuori dei calzoni. In una mano teneva una bottiglia di lenitivo, e con l'altra si stropicciava la spina dorsale. Di tanto in tanto si versava qualche goccia di lenitivo nella palma rosea e ricacciava la mano sotto la camicia, riprendendo a stropicciare. Si fletteva i muscoli sulla schiena e rabbrividiva.

Senza alcun rumore apparve Lennie nella porta aperta e restò a guardare, con le grosse spalle che quasi riempivano il passaggio. Per un istante Crooks non lo vide, ma sollevando gli occhi s'irrigidí e gli apparve un brutto sguardo. La sua mano uscí di sotto la camicia.

Lennie sorrise timidamente in un tentativo di fare amicizia.

Crooks disse secco: "Non avete nessun diritto di entrare nella mia stanza. Questa è la mia stanza. Nessuno ha diritto di entrare se non io."

Lennie deglutí e il suo sorriso si fece piú strisciante. "Non faccio nulla," disse. "Sono venuto soltanto per vedere il mio cagnolino. E ho veduta la luce," spiegò.

"È il mio diritto di avere la luce. E voi, uscite dalla mia stanza. Non vogliono me nel dormitorio e io non voglio voi nella mia stanza."

"Perché non vi vogliono?", domandò Lennie.

"Perché sono nero. Là giocano alle carte, e io non posso giocare perché sono nero. Dicono che so odore. Ebbene, vi dico io, voi tutti quanti sapete odore per me."

Lennie dimenò sconsolatamente le grosse mani. "Sono andati tutti in città," disse. "Slim, George, tutti quanti. George dice che io debbo restare qui e non fare dei guai. Ho visto la vostra luce."

"Insomma, che cosa volete?"

"Niente... ho visto la luce. Ho pensato di entrare e sedermi un po'."

Crooks fissò gli occhi su Lennie, poi tese la mano dietro e prese gli occhiali: se li aggiustò sulle orecchie rosee e tornò a scrutare. "Non so però che cosa facciate nel fienile," gemette. "Voi non siete un cavallante. Un caricatore non ha nessun motivo di venire nel fienile. Voi non siete un cavallante. Voi non avete niente a che fare coi cavalli."

"Il cagnolino," ripeté Lennie. "Vengo a vedere il cagnolino."

"E allora andate a guardarvi il vostro cagnolino. Non entrate in un luogo dove non vi vogliono."

A Lennie cadde il sorriso. Avanzò un passo nella stanzetta, poi si ricordò e tornò alla porta indietreggiando. "Li ho guardati un poco. Slim dice che non li debbo carezzare troppo."

Disse Crooks: "Certo, non avete smesso un momento di toglierli dalla cuccia. Mi stupisce che madama non se li porti altrove."

"Oh, lei non ci bada. Mi lascia fare." Lennie era rientrato nella stanza.

Crooks s'aggrottò, ma il sorriso disarmante di Lennie lo vinse: "Entrate su e sedetevi un momento," disse. "Finché non vorrete saperne di andarvene e lasciarmi solo, tanto vale che vi accomodiate." Il tono s'era fatto piú cordiale. "I ragazzi sono andati tutti in città, eh?"

"Tutti meno il vecchio Candy. Candy è seduto nella baracca e tempera una matita, tempera e fa i conti."

Crooks s'aggiustò gli occhiali. "I conti? Che conti può fare Candy?"

Lennie quasi gridò: "Per i conigli."

"Siete folle," disse Crooks. "Siete pazzo. Di che conigli parlate?"

"Dei conigli che avremo, e io li accudirò, taglierò l'erba e porterò l'acqua, tutto."

"Folle, folle," disse Crooks. "Non ha torto quel tale che sta con voi, se vi tiene ritirato."

Lennie· disse con calma: "Non è una storia. Faremo proprio cosí. Avremo la casa e vivremo del grasso della terra."

Crooks si assettò piú a suo agio nella cuccetta. "Sedetevi," pregò. "Sedetevi sul barile dei chiodi."

Lennie si aggobbí sul barilotto. "Voi credete che sia una storia," disse. "Ma non è una storia. È tutto sacrosanto, potete chiedere a George."

Crooks puntò nella mano rosea il suo mento scuro. "Voi girate insieme con George, no?"

"E già. Io e lui andiamo dappertutto sempre insieme."

Crooks continuò: "Qualche volta parla e voi non capite di che accidenti stia parlando. Non è vero?" Si piegò avanti, trafiggendo Lennie con i suoi occhi profondi. "Non è vero?"

"Sí... qualche volta."

"Parla parla, e voi non capite di che accidenti stia parlando?"

"Sí... qualche volta. Ma... non sempre..."

Crooks si piegò avanti sulla sponda della cuccetta. "Io non sono un negro del Sud," disse. "Sono nato qui in California. Mio padre aveva un allevamento di polli, circa dieci acri di terra. I ragazzi bianchi venivano a giocare da noi, e qualche volta andavo io con loro, e ce n'erano dei simpatici. A mio padre ciò non piaceva. Non capii mai, se non molto piú tardi, perché non gli piacesse. Ma ora ho capito." Esitò e, quando riprese a parlare, la sua voce s'era addolcita. "Non c'era un'altra famiglia di colore nei dintorni per miglia e miglia. E anche ora non c'è nessun uomo di colore in questo *ranch*, e una sola famiglia in tutta Soledad." Si mise a ridere. "Quando dico qualcosa, è solamente un negro che parla."

Chiese Lennie: "Quanto credete che ci voglia perché quei cagnolini siano tanto cresciuti da poterli carezzare?"

Crooks rise un'altra volta. "Una persona può parlare con voi, senza temere che andiate a contarla. Fra una quindicina di giorni i cagnolini saranno pronti. George sa il fatto suo. Lui parla e voi non capite niente." Si piegò avanti sovreccitato. "È solamente un negro che parla, un negro storpio. Non significa proprio niente, capite? Ma tanto non vi ricordereste. Quante volte ho visto succedere che uno parla con un altro e non importa proprio niente che quello senta o capisca. Il fatto è che parlano, oppure stanno seduti e non parlano. Non importa niente, proprio niente." Il suo orgasmo era tanto cresciuto che si picchiò sul ginocchio con la mano. "George vi può anche dire delle cattiverie, ma non importa. È soltanto il fatto di parlare, di essere con un altro. Ecco tutto." Si fermò.

La sua voce si fece morbida e suadente. "Supponete ora che George non torni piú. Supponete che gli sia capitato qualcosa e non ritorni. Che cosa fareste allora?"

Gradualmente l'attenzione di Lennie si destò a quanto si diceva. "Che cosa?", chiese.

"Dicevo supponete che George sia andato in città questa notte e voi non ne sappiate mai piú nulla." Crooks spingeva a fondo una sua specie di segreta vittoria. "Supponete ciò," ripeté.

"Non farà questo," gridò Lennie. "George non farebbe mai questo. Da tanto tempo siamo insieme. Questa notte ritornerà...." Ma quel dubbio era troppo, per lui. "Voi dite che non tornerà?"

Il viso di Crook si rischiarò di gioia alla tortura di Lennie. "Nessuno può dire quel che un uomo farà o non farà," osservò pacato. "Diciamo allora: se volesse ritornare e non potesse. Supponete che lo uccidano o feriscano in modo che non possa ritornare."

Lennie si tendeva per comprendere. "George non farà nulla di simile" ripeté. "George è prudente. Nessuno lo ferirà. Non è mai stato ferito da nessuno, perché è prudente."

"Eppure, supponete, supponete soltanto che non ritorni. Che cosa farete allora?"

Il viso di Lennie si corrugò dallo smarrrimento. "Non so. Ma voi," gridò, "cos'è che dite? Non è vero. George non l'hanno ferito."

Crooks lo scavò ancora. "Volete che ve lo dica io che cosa succederà? Vi porteranno nella gabbia dei matti. Vi metteranno il collarino, come a un cane."

Repentinamente gli occhi di Lennie si puntarono e chetarono, folli. Sorse in piedi e camminò minaccioso alla volta di Crooks. "Chi ha ferito George?"

Crooks vide il pericolo che s'avvicinava. Indietreggiò affiancandosi alla cuccetta per uscirgli di mano. "Facevo una supposizione," disse. "George non è stato ferito. Va tutto bene. Ritornerà come prima."

Lennie gli era sopra. "Perché facevate una supposizione allora? Nessuno deve supporre che abbiano ferito George."

Crooks si cavò gli occhiali e si strofinò gli occhi con le dita. "Sedetevi," disse. "Nessuno ha ferito George."

Lennie tornò ringhiando al suo sedile sul barilotto. "Nessuno deve dire che hanno ferito George," brontolò.

Crooks disse con dolcezza: "Probabilmente adesso capite. Voi avete George. E sapete che ritornerà. Supponete di non avere nessuno. Supponete di non potere entrare nel dormitorio e giocare alle carte solo perché siete nero. Che cosa direste allora? Supponete di essere costretto a stare seduto qui leggendo libri. I libri non servono a niente. A un uomo occorre qualcuno... che gli stia accanto." Gemette: "Un uomo ammattisce se non ha qualcuno. Non importa chi è con lui, purché ci sia. Vi so dire," esclamò, "vi so dire che si sta così soli che ci si ammala."

"George tornerà," disse Lennie per rassicurarsi, con una voce spaventata. "Forse è già tornato. Sarà meglio che vada a vedere."

Disse Crooks: "Io non volevo farvi paura. George tornerà. Io parlavo di me. Un uomo passa la sera qui solo, seduto: magari legge dei libri o pensa o altro. Qualche volta pensa e non ha niente che possa dirgli se una cosa è o non è come lui crede. Magari, se vede qualcosa, non sa dire se ha ragione o se sbaglia. Non può rivolgersi a qualcuno e domandargli se vede anche lui la stessa cosa. Non può mai dire. Non ha niente per regolarsi. Io qui ho veduto delle cose. Non avevo bevuto. Non so se dormivo. Se con me ci fosse stato qualcuno, poteva dirmi se dormivo e sarebbe andato tutto bene. Io invece non so." Crooks guardava ora attraverso la stanza, guardava la finestra.

Lennie disse sconsolato: "George non andrà via senza di me. Io so che George non farà questo."

Il garzone continuò come sognasse: "Mi ricordo quand'ero bambino nell'allevamento di polli del mio vecchio. Avevo due fratelli. Erano sempre vicino a me, sempre. Dormivamo insieme nella stanza, nello stesso letto, tutti e tre. Avevamo un campo di fragole. Avevamo un campo di alfalfa. Al mattino col sole facevo uscire i polli nell'alfalfa. I miei fratelli sedevano sullo steccato e li guardavano... erano bianchi i polli."

Gradatamente l'interesse di Lennie si risvegliava a quel discorso. "George dice che per i conigli avremo l'alfalfa."

"Che conigli?"

"Avremo i conigli e un campo di fragole."

"Siete pazzi."

"Davvero. Domandate a George."

"Siete pazzi," Crooks disse irridendo. "Ho veduto centinaia di tipi arrivare per la strada e per i *ranches*, coi fardelli sulla schiena e la stessa idea piantata in testa. Centinaia. Arrivano, si licenziano e se ne vanno, e tutti fino all'ultimo hanno il pezzetto di terra nella testaccia. E mai uno di loro che ci arrivi. È come il paradiso. Tutti quanti vogliono il pezzetto di terra. Qui io leggo molti libri. Nessuno trova il pezzetto di terra. È solamente nella testa. Non fanno altro che parlarne, ma ce l'hanno solamente nella testa." Tacque e guardò in direzione della porta spalancata, perché i cavalli si agitavano inquieti e le catene tintinnavano. Un cavallo nitrì. "Scommetto che c'è qualcuno fuori," disse Crooks. "Forse Slim. Slim delle volte viene due, tre volte, per notte. Slim è davvero un cavallante. Si occupa del suo tiro." S'alzò penosamente in piedi e mosse verso la porta. "Siete voi, Slim?" gridò.

Rispose la voce di Candy: "Slim è andato in città. Dite, avete veduto Lennie?"

"Quel tipo grand'e grosso?"

"Sì: visto da qualche parte?"

"È qui dentro," disse Crooks brevemente. Ritornò alla cuccetta e si distese.

Apparve Candy sulla soglia intento a grattarsi il polso nudo e a guardare abbacinato nella stanzetta.

Non fece mostra di voler entrare. "Vi debbo dire, Lennie. Ho fatto i conti per quei conigli."

Crooks parlò irritato: "Potete entrare, se volete."

Candy apparve imbarazzato. "Non so. Certo, se volete voi."

"Entrate su. Visto che vengono tutti, potete venire anche voi." Riusciva difficile a Crooks celare il suo compiacimento sotto l'ira.

Candy entrò, ma era sempre imbarazzato. "Avete un bel posticino riparato, qui," disse a Crooks. "Deve essere bello avere una stanza tutta per sé come questa."

"Certamente," disse Crooks. "E un mucchio di letame sotto la finestra. È bellissimo."

Lennie interruppe: "Che cosa dicevate dei conigli?"

Candy s'appoggiò alla parete presso la collaressa spaccata e intanto si grattava il moncherino. "Sono qui da tanto tempo," disse. "Anche Crooks è qui da tanto tempo. Ma è la prima volta che vengo nella sua stanza."

Crooks disse cupamente: "La gente non viene sovente nella stanza di una persona di colore. Qui non c'è venuto altri che Slim. Slim e il padrone."

Candy mutò in fretta argomento. "Slim è uno dei migliori cavallanti che ho mai veduto."

Lennie si chinò verso il vecchio scopino. "E quei conigli?," insistette.

Candy sorrise. "Ho fatto tutti i conti. Si può guadagnare dei soldi coi conigli, se sapremo fare."

"Ma io debbo accudirli," insorse Lennie. "George dice che debbo accudirli. Ha promesso."

Crooks interruppe brutalmente. "Voialtri vi gingillate soltanto. Ne parlerete giorno e notte, ma non ci arriverete. Voi sarete uno scopino nel *ranch*, fin che non vi porteranno fuori nella cassa. Giuda, ne ho visti troppi come voi. E Lennie si licenzierà e si rimetterà in strada fra due, tre settimane. Pare che proprio tutti abbiano il pezzo di terra in testa."

Candy si stropicciò irosamente la gota. "Porca miseria se ci arriveremo. Lo dice George. Abbiamo già i soldi."

"Ah sí," disse Crooks. "E dov'è George stasera? In città, nella casa. Ecco dove vanno i vostri soldi. Giuda, quante volte ho veduto succedere la stessa cosa. Ne ho visti troppi col pezzo di terra in testa. In mano nessuno l'ha mai avuto."

Candy gridò: "Si capisce che tutti lo vogliono. Chi è che non vuole un pezzetto di terra, anche poco? Solamente poco, ma che sia suo. Un pezzetto che dia da vivere e che nessuno possa mandarvi via. Non l'ho mai avuto, io. Ho seminato i campi per quasi tutti in questo Stato del boia, ma non era roba mia, e quando facevo il raccolto, non era il mio raccolto. Ma questa volta ci arriveremo, state tranquillo, ve lo dico io. George non li ha con sé i denari. Questi denari sono alla banca. Io, Lennie e George. Avremo una stanza tutta per noi. Avremo un cane, dei conigli e delle galline. Avremo il grano in erba e forse la vacca e la capra." Si fermò sopraffatto dal suo quadro.

Crooks chiese: "Dite che avete i denari?"

"Si capisce. Abbiamo quasi la cifra. Non manca che pochissimo. L'avremo intiera fra un mese. E George ha già trovato anche il posto."

Crooks torse il braccio e si tastò la schiena con la mano. "Non ho mai veduto nessuno arrivarci," disse. "Ho veduto quelli che diventano matti a stare soli e desiderare una casa, ma sempre le donne o la partita del litro facevano piazza pulita." Ebbe un'esitazione "... Se voi... altri, aveste bisogno di un aiuto, non chiedo salario, solamente da vivere, tenete presente che io ci starei e vi darei una mano. Non sono poi così storpio da non poter lavorare come un demonio se fosse il caso."

"Ragazzi, qualcuno ha veduto Curley?"

Girarono il capo verso la porta. La moglie di Curley era là che sbirciava. Aveva il viso truccatissimo, le labbra un poco dischiuse. Respirava forte, come avesse fatta una corsa.

"Curley non è venuto qui," rispose Candy acidamente.

La donna stette sulla porta, sorridendo leggermente verso di loro, strofinandosi le unghie di una mano col pollice e l'indice dell'altra. E i suoi occhi scorrevano di viso in viso. "Hanno lasciato qui i piú molli," disse alla fine. "Credete che non sappia dove sono andati? Persino Curley. So dove sono andati tutti quanti."

Lennie la fissava, incantato, ma Candy e Crooks torcevano gli occhi scontrosamente. Disse Candy: "E allora, se lo sapete, che bisogno c'è di venirci a chiedere dov'è Curley?"

La donna li considerò, divertita. "È ben buffo," disse. "Se ne trovo uno da solo, andiamo d'accordo benissimo. Ma che vi mettiate insieme in due, e non vi si può parlare. Diventate intrattabili." Lasciò andare le dita e si piantò le mani sui fianchi. "Avete tutti paura l'uno dell'altro, ecco com'è. Ognuno di voi ha paura che gli altri gli possano dir qualcosa."

Dopo un silenzio, Crooks disse: "Forse fareste meglio a ritornare a casa vostra, ora. Noi non vogliamo seccature."

"Non vi do mica delle seccature. Credete che non mi venga la voglia di discorrere con qualcuno di tanto in tanto? Credete che sia contenta di stare sempre chiusa là dentro?"

Candy si appoggiò il moncherino del polso sul ginocchio e lo strofinò leggermente con la mano. Disse in tono d'accusa: "Voi avete un marito. Niente vi chiama a gironzolare e far la sciocca con gli altri, causando guai."

La ragazza prese fuoco. "Ho un marito sicuro. L'avete visto tutti. Bel tipo, eh? Non fa altro che dire che farà questo e che farà quello ai musi che non gli piacciono, e non gli piace mai nessuno. Voi credete che io voglia restarci in quel buco di casa e ascoltare per tutta la vita come Curley darà un rovescio a sinistra, per poi entrare col traverso a destra? Un-dué, dice. Il solito un-dué e l'altro va per terra." La ragazza s'arrestò e il suo viso si schiarí, riempiendosi d'interesse. "Dite un po'... che cosa è successo alla mano di Curley?"

Seguí un silenzio imbarazzato. Candy sbirciò furtivamente Lennie. Poi tossí. "Mah... Curley... si è lasciata prendere la mano in una macchina, vedete. Schiacciata."

Quella osservò un istante, poi scoppiò a ridere. "Fandonie! Che cosa credete di darmela a bere? Curley ne ha fatta qualcuna e non ha visto la fine. Schiacciata in una macchina... Fandonie! Non ha piú dato a nessuno il solito un-dué, da quando ce l'ha schiacciata. Chi è stato?"

Candy ripeté di malumore: "Se l'è lasciata prendere in una macchina."

"E sia," disse la ragazza sprezzantemente. "Sia, tenetelo nascosto se volete. Che cosa me ne importa? Voialtri vagabondi credete d'esser chi sa che. Chi mi credete dunque, una bambina? Vi posso dire che mi avrebbero presa in compagnia, a recitare. E non solo una volta. E c'è persino chi mi ha detto che poteva farmi entrare in cinematografo...." Ansava dall'indignazione. "È sabato. Tutti sono usciti a far qualcosa. Tutti. E io, che cosa faccio? Piantata qui a parlare con tre vagabondi che non valgono un soldo — un negro, un tanghero e uno sporco pecoraio — e costretta a contentarmi, visto che non ce ne sono altri."

Lennie l'osservava, la bocca semi-aperta. Crooks si era irritato nella terribile corazza di dignità dei negri. Ma avvenne un mutamento nel vecchio Candy. Scattò in piedi di botto, rovesciando indietro il suo barile. "Ne ho abbastanza," esclamò irosamente. "Nessuno vi vuole qui. Ve l'abbiamo detto. E vi dirò anche che vi siete fatta delle idee proprio da donna sul nostro conto. Non avete nemmeno tanto cervello in quella testa da gallina, da capire che noi non siamo dei vagabondi. Immaginate di farci mettere a spasso. Immaginate, su. Voi credete che piglieremo lo stradone e andremo in cerca di un altro lurido lavoro che non valga un quattrino, come questo. Non sapete nemmeno che invece abbiamo il nostro *ranch* dove andare, e la nostra casa. Non c'è nessun bisogno che restiamo. Abbiamo casa e galline e frutteto e un posto cento volte piú bello di questo. E abbiamo degli amici, ecco che cosa abbiamo. Una volta magari sí che andare a spasso ci faceva paura, ma ora non piú. Abbiamo la nostra terra che è proprio nostra, e possiamo andarci a vivere."

La moglie di Curley gli rise in faccia. "Fandonie," disse. "Ne ho veduti troppi come voi. Se aveste venti soldi in tasca, sareste a bere il bicchierino e leccheresti il fondo. Vi conosco, voialtri."

Candy era diventato sempre piú scarlatto in faccia, ma prima che l'altra avesse finito di dire, aveva ripreso il controllo di sé. Era il padrone della situazione. "Avrei dovuto aspettarmelo," disse tranquillo. "Credo farete meglio a camminare e badare a voi. Non abbiamo niente da dirvi. Sappiamo quel che è nostro e c'infischiamo che voi lo sappiate o no. Vi dico che fareste meglio a girare alla larga, ora, perché potrebbe darsi che a Curley non garbasse che sua moglie se ne stia nel granaio con dei vagabondi."

La ragazza guardò di viso in viso, e tutti le erano chiusi contro. Piú a lungo che gli altri fissò Lennie, finché questi non abbassò gli occhi imbarazzato. Poi disse a un tratto: "Di dove vengono quei lividi che avete in faccia?"

Lennie levò il capo, con aria colpevole. "Chi... io?"

"Proprio voi."

Lennie volse gli occhi a Candy per aiuto, e li riabbassò sul petto. "Si è lasciato prendere la mano in una macchina," disse.

La moglie di Curley si mise a ridere.

"Splendido, la macchina. Ne riparleremo, noi due. Mi piacciono le macchine."

Candy insorse. "Lasciatelo stare costui. Non fate dei guai. Lo dirò a George che cosa avete detto. George non vi permetterà di dare noia a Lennie."

"E chi è George?," lei chiese. "Quello piccolo che gira con voi?"

Lennie sorrise beatamente. "È lui", disse. "Proprio lui, e mi lascerà accudire ai conigli."

"Be', se è solo questo che volete, potrei trovarne un paio anch'io, di conigli."

Crooks sorse dalla cuccetta e l'affrontò. "Ne ho abbastanza," disse freddamente. "Non avete nessun diritto di entrare nella stanza di un uomo di colore. Non avete nessun diritto, nessuno, di impicciarvi di noi. E adesso, filate, filate svelta. Se non filate, chiederò al padrone di non lasciarvi mai piú entrare in fienile."

La donna gli si rivolse sprezzante. "Stammi a sentire, Negro," disse. "Lo sai che cosa posso farti se non tieni il becco chiuso?"

Crooks le sbarrò disperatamente gli occhi addosso; poi si sedette nella cuccetta e si raccolse.

Quella incalzava: "Lo sai che cosa posso fare?"

Crooks parve rimpicciolirsi e si premette alla parete. "Sí, 'gnora."

"Bene, allora tieni il posto che ti spetta, Negro. Io posso farti impiccare a una pianta e tanto facilmente che non ci sarebbe nemmeno gusto."

Crooks si era ridotto a un nulla. Non rimaneva di lui piú nessuna personalità, nessun io: nulla che potesse svegliare interesse o avversione. Disse: "Sí, 'gnora" e la sua voce era senza timbro.

Per un istante la donna gli stette sopra, come attendesse una sola mossa per menargli un'altra sferzata; ma Crooks sedeva perfettamente immobile, gli occhi distolti, tutto ciò che potesse ricevere offesa rattratto. In fine ella si volse agli altri due.

Il vecchio Candy la studiava affascinato. "Se fate una cosa simile, noi parleremo," disse tranquillamente. "Noi diremo che calunniate Crooks."

"Parlate e andate sulla forca," esclamò. "Nessuno vi darà ascolto, e lo sapete. Nessuno vi darà ascolto."

Candy s'afflosciò. "No...," riconobbe. "Nessuno ci darà ascolto."

Lennie piagnucolò: "Voglio che venga George. Voglio che venga George."

Candy gli andò vicino. "Non disperatevi," disse. "Ho sentito ora che ritornano. George sarà già nella baracca, scommetto." Si volse alla moglie di Curley:

"Fareste meglio a tornare a casa, ora," disse tranquillo. "Se andate subito, non diremo a Curley che siete stata qui."

La donna lo misurò freddamente. "Non sono certa che abbiate sentito qualcosa."

"Meglio non correre rischi," rispose il vecchio. "Se non siete certa, è meglio far la cosa piú sicura."

Quella si volse a Lennie. "Sono contenta che abbiate un po' pestato Curley. Se le è volute. Vorrei pestarlo anch'io una volta o l'altra." Scivolò fuori della porta e scomparve nell'oscurità del fienile. E mentre attraversava il fienile le catene tintinnarono e qualche cavallo sbuffò e qualche altro scalpitò.

Crooks parve uscire lentamente dagli strati di difesa in cui s'era avvolto. "Che c'era di vero in quello che avete detto degli altri che tornavano?," chiese.

"Veramente. Li ho sentiti."

"Io invece non ho sentito niente."

"Il cancello ha sbattuto," disse Candy, e riprese: "Porca miseria, sa il conto suo la moglie di Curley. Però deve aver fatta una bella esperienza."

Crooks ora evitava quell'argomento in blocco. "Credo sarà meglio che andiate," disse. "Non ho piú quella gran voglia di vedervi qui. Un uomo di colore deve avere certi diritti, anche se ne farebbe volentieri a meno."

Candy disse: "Quella strega non avrebbe dovuto dirvi quel che ha detto."

"Non era nulla," disse Crooks sordamente. "Voialtri col vostro arrivo e la vostra compagnia mi avete fatto dimenticare. Quello che ha detto, è vero."

Nel fienile i cavalli sbuffarono, risuonarono le catene e una voce chiamò: "Lennie. Oh Lennie. Sei qui?"

"È George," esclamò Lennie. E rispose: "Qui, George. Sono qui dentro."

Un istante, e George apparve sulla porta e guardò in giro con disapprovazione. "Che fai nella stanza di Crooks? Non dovresti fermarti qui."

Crooks approvò. "Gliel'ho detto, ma hanno voluto entrare lo stesso."

"E perché non li avete presi a calci?"

"Non mi davano noia," disse Crooks. "Lennie è una brava persona."

Allora si riscosse Candy. "Oh George, ho fatto tanti di quei conti. Ho calcolato che possiamo perfino guadagnare coi conigli."

George lo guardò storto. "Credevo di avervi detto di non parlarne con nessuno."

A Candy cadde la galloria. "Non ne ho parlato con altri che con Crooks."

George disse: "Be', filate via di qua ora. Giuda, sembra proprio che non si possa lasciarvi un momento soli."

Candy e Lennie si alzarono e vennero alla porta. Crooks chiamò: "Candy."

"Eh?"

"Vi ricordate quello che ho detto di zappare e darvi una mano?"

"Sí," disse Candy. "Me ne ricordo."

"Ebbene, dimenticatelo," disse Crooks. "Non parlavo sul serio. Uno scherzo. Non vorrei certo andare in un posto simile."

"Va bene, allora, se questa è la vostra idea. Buona notte."

I tre uscirono. Mentre attraversavano il fienile, i cavalli sbuffarono e le catene tintinnarono.

Crooks si sedette sulla cuccetta e guardò per un

istante la porta; poi tese la mano a prendere la boccetta di lenitivo. Si tirò la falda posteriore della camicia fuori dei calzoni, versò un po' di lenitivo nella palma rosea e torcendo il braccio prese adagio adagio a stropicciarsi la schiena.

PARTE QUINTA

In fondo al grande fienile era ammucchiato altissimo il fieno novello e sopra il mucchio pendeva il quadridente Jackson sospeso alla sua puleggia. Il fieno digradava come un fianco di monte all'estremità opposta del fienile, dove rimaneva un tratto piano non ancora riempito del nuovo raccolto. Ai lati si vedevano le rastrelliere della distribuzione e fra le assicelle spuntavano le teste dei cavalli.

Era domenica, nel pomeriggio. I cavalli in riposo mordicchiavano gli ultimi ciuffi di fieno e scalpitavano, mordevano le mangiatoie, scuotendo le catene delle cavezze. Il sole pomeridiano tagliava per le fessure delle pareti e cadeva in righe luminose sul fieno. C'era nell'aria il brusío delle mosche, l'indolente ronzío del meriggio.

Dall'esterno veniva lo squillo dei ferri-da-cavallo contro il palo di mira e lo schiamazzo degli uomini che giocavano, incitavano, schernivano. Ma nel fienile tutto era cheto e ronzante e indolente e caldo.

Non c'era che Lennie nel fienile, e Lennie sedeva nel fieno accanto a una cassettina sotto una mangiatoia, all'estremità del fienile che non era ancora stata riempita. Lennie sedeva sul fieno e contemplava un cucciolo morto che gli stava innanzi. Lennie lo contemplò a lungo, e poi allungò la grossa mano e lo carezzò, lo carezzò tutto dalla testa alla coda.

E disse sommessamente al cucciolo: "Perché ti sei fatto uccidere? Non sei piccolo come i topi, tu. Non ti ho mica menato forte." Rivoltò all'insú la testa del cucciolo e gli guardò il muso, e gli disse: "E forse adesso George non mi lascia piú accudire ai conigli, se viene a sapere che ti sei fatto uccidere."

Scavò una piccola buca e vi depose il cucciolo e lo ricoprí di fieno, facendolo sparire; ma continuò a guardare la gobba che aveva fatto. Disse: "Questa non è una brutta cosa, che debba andare a nascondermi nella macchia. Oh, no. Questa no. Dirò a George che l'ho trovato morto."

Disseppellí il cucciolo e lo esaminò, e lo carezzò dalle orecchie alla coda. Riprese addolorato: "Ma se ne accorgerà. George s'accorge sempre di tutto. Dirà: 'Sei stato tu? Non cercare di farmela'; e poi dirà: 'E ora, proprio per questo, non accudirai piú ai conigli'."

Repentinamente lo invase l'ira. "Maledetto che sei," esclamò. "Perché ti sei fatto uccidere? Non sei piccolo come i topi, tu." Raccattò il cucciolo e lo gettò lontano da sé. Gli volse la schiena. Sedette accoccolato sulle ginocchia e mormorò: "E adesso non accudirò piú ai conigli. Adesso non mi permetterà piú." Si dondolava avanti e indietro, assorto nel suo dolore.

Dall'esterno venne lo squillo dei ferri-da-cavallo contro il palo di ferro, e poi un piccolo coro di urli. Lennie si alzò, andò a riprendere il cucciolo, lo depose sul fieno, e si sedette. Tornò a carezzarlo. "Non eri abbastanza grande," disse. "Me l'hanno tanto ripetuto che non eri abbastanza grande. Non lo sapevo che saresti morto cosí facilmente." Insinuò le dita nell'orecchia floscia del cucciolo. "Chi sa che a George non importi nulla," disse. "Questo maledetto piccolo farabutto non era niente per George."

La moglie di Curley spuntò dall'estremità dell'ultimo stallo. Veniva innanzi tutta cheta in modo che Lennie non se ne accorse. Indossava il suo abito di cotone fiammante e le pantofole con le piume rosse di struzzo. Era truccata in viso, e i riccioli a salsiccette le stavano disposti in bell'ordine. Gli fu quasi accanto, prima che Lennie levasse gli occhi e la vedesse.

Atterrito, Lennie tirò il fieno con le dita sul cucciolo. Poi levò gli occhi cupamente.

La ragazza disse: "Che cos'avete lí, bel bambino?"

Lennie le sbarrò gli occhi addosso: "George dice che non debbo mai stare con voi; né parlare né niente."

Quella rise: "Ma vi comanda proprio in tutto, George."

Lennie abbassò lo sguardo sul fieno. "Dice che non avrò piú i conigli, se parlo, o altro, con voi."

La ragazza disse pacata: "Ha paura che Curley se la prenda. Ebbene, Curley ha il braccio al collo... e se farà il gradasso, gli fiaccherete l'altra mano. A me non l'avete data a bere che se la sia lasciata prendere in una macchina."

Ma Lennie era incrollabile. "Niente affatto. Io non voglio né parlare né far niente con voi."

L'altra s'inginocchiò accanto a lui nel fieno. "Statemi a sentire," disse. "Son tutti fuori che fanno un partitone ai ferri. Adesso sono solo le quattro. Nessuno di loro può rinunciare a quel partitone. Perché non posso discorrere insieme con voi? Non ho mai nessuno da discorrere insieme. Mi sento cosí sola."

Lennie disse: "Io non debbo né parlare né altro, con voi."

"Mi sento sola," riprese la donna. "Voi potete parlare con la gente, ma io soltanto con Curley. Diversamente, se la prènde. Vi piacerebbe a voi non poter discorrere con nessuno?"

Lennie disse: "Ma io non debbo. George ha paura che faccia dei guai."

La ragazza cambiò argomento: "Che cos'è che tenete lí al coperto?"

Allora tutto il dolore riafferrò Lennie. "È il mio cagnetto," disse tristemente. "È il mio cagnolino." E spazzò a fiore il fieno.

"Ma è morto," esclamò lei.

"Era cosí piccolo," disse Lennie. "Io giocavo soltanto... e ha fatto come per mordermi... io ho fatto per menargli... e... gli ho menato. Allora è morto."

La ragazza lo consolò. "Non prendetevela. Era solo una bestia. Ne troverete un'altra quando vorrete. Il paese è pieno di queste bestie."

"Non è tanto questo," spiegò Lennie costernato. "Ma ora George non mi lascerà piú accudire ai conigli."

"E perché?"

"Perché, se facevo ancora qualche guaio, mi ha detto che non mi lasciava accudire ai conigli."

La ragazza gli venne accanto e parlò carezzevole. "Non abbiate timore a discorrere con me. Sentite fuori come strillano. Ci sono quattro dollari di scommessa su questa partita. Nessuno verrà via finché non sia finita."

"Se George mi prende che parlo con voi, andrà

davvero in bestia," disse Lennie prudente. "Me l'ha detto."

Il viso di lei si riempí d'ira. "Ma che cos'hanno con me, dunque?", esclamò. "Non ho il diritto di parlare con nessuno? Che cosa si credono insomma che sia? Voi siete simpatico. Non capisco perché non vi debba parlare. Non vi faccio mica del male."

"È che George dice che ci metterete tutti nei guai."

"Idioti che siete," disse. "Che male vi faccio dunque io? Proprio nessuno si vuole curare del modo come io vivo. E vi dico che non sono per niente avvezza a vivere in questo modo. Avrei potuto diventar qualcosa." Aggiunse cupamente: "E non è detto che non lo diventi." Allora le sue parole sgorgarono in un'ansia di sfogo, come si affrettasse prima che l'ascoltatore potesse esserle tolto. "Io vivevo a Salinas," disse. "C'ero venuta da bimba. Una volta passò una compagnia e conobbi un attore. Mi disse che potevo unirmi alla compagnia. Ma la mamma non volle. Diceva che avevo solo quindici anni. L'attore diceva che avrei potuto. E se fossi andata, adesso non vivrei a questo modo, potete star certo."

Lennie carezzò il cucciolo avanti e indietro. "Noi avremo la nostra terra... e i conigli," spiegò.

Lei riprese la sua storia in fretta, prima di farsi interrompere. "Poi un'altra volta ho incontrato uno che era in cinematografia. Sono andata con lui alla Sala di Danze del Lungofiume. Diceva che mi avrebbe fatto entrare in cinematografia. Diceva che avevo il tipo ingenuo. Appena tornato a Hollywood mi avrebbe scritto qualcosa." Guardò attentamente Lennie per vedere se gli faceva effetto. "Quella lettera non mi è mai arrivata," continuò. "Credo ancora che sia la mamma che me l'ha presa. Ebbene, io non volli piú saperne di stare in un buco simile dove non potevo far niente né diventare qualcosa e dove vi sequestrano le lettere. Le chiesi se me l'aveva sequestrata lei, e lei negò. Allora sposai Curley. Lo conobbi alla Sala di Danze del Lungofiume quella stessa notte." Chiese a un tratto: "Mi ascoltate?"

"Io? Sí."

"Ecco, questo non lo dissi mai a nessuno. Forse non dovrei farlo. Non voglio *bene* a Curley. Non è simpatico." E siccome gli aveva fatta la confidenza, si strinse un altro poco a Lennie e gli sedette accanto. "Avrei potuto entrare in cinematografia e avere dei bei vestiti... tutti quei bei vestiti che portano. E avrei potuto sedermi in quei grandi alberghi e farmi prendere la foto. Quando ci fossero state le prime visioni, avrei potuto andarci e parlare al microfono, e non avrei pagato un soldo perché tanto ero nel film. E tutti quei vestiti cosí belli che portano. Perché quel tale diceva che avevo il tipo ingenuo." Levò gli occhi verso Lennie e fece un piccolo gesto maestoso col braccio e con la mano per mostrargli che sapeva recitare. Le dita si atteggiavano secondo la curva del polso, mentre il mignolo si staccava aristocraticamente dagli altri.

Lennie trasse un sospiro profondo. Dall'esterno venne lo squillo di un ferro contro il metallo, e un coro di applausi. "Qualcuno ha fatto centro," disse la moglie di Curley.

La luce ormai si spostava, calando il sole, e le strisce di sole salivano la parete e toccavano le rastrelliere e le teste dei cavalli.

Lennie disse: "Magari se portassi fuori il mio cagnolino, e lo gettassi via, George non se ne accorgerebbe piú. E allora potrei accudire ai conigli, senza guai."

La moglie di Curley disse irritata: "Ma non pensate ad altro che ai conigli?"

"Avremo il nostro pezzo di terra," spiegò Lennie paziente. "Avremo la casa e l'orto e il campo di alfalfa, e l'alfalfa è apposta per i conigli; io prenderò il sacco, lo riempirò di alfalfa e poi lo porterò ai conigli."

Lei chiese: "Cos'è che vi fa ammattire a questo modo dietro i conigli?"

Lennie dovette pensare attentamente prima di giungere a una conclusione. Con cautela s'accostò un altro poco a lei, finché non le fu quasi addosso. "Mi piace carezzare le belle cose. Una volta ho veduto alla fiera dei conigli dal pelo lungo. Erano cosí belli, vi dico. Qualche volta ho carezzato anche i topi, ma solo quando non trovavo altro."

La moglie di Curley si scostò da lui un tantino. "Siete proprio matto," disse.

"No, che non lo sono," spiegò Lennie con foga. "George dice che non sono matto. Mi piace toccare con le dita le belle cose, le cose morbide."

La ragazza si mostrò un poco rassicurata.

"E a chi non piace?", disse. "A tutti piace. A me piace toccare la seta e il velluto. Vi piace toccare il velluto?"

Lennie rise sommesso per la gioia. "Se mi piace, accidenti," esclamò felice. "Ne avevo un pezzo anche. Me l'aveva dato una signora, e questa signora era... la zia Clara. L'aveva dato a me... un pezzo cosí grosso. Come mi piacerebbe averlo adesso." Gli scese un'ombra sul viso. "L'ho perduto," disse. "Da tanto tempo non l'ho piú."

La moglie di Curley gli rise in faccia. "Siete un matto," disse. "Ma siete un caro ragazzo. Un gran bambinone. Però si capisce quello che volete dire.

Quando mi pettino, delle volte mi siedo e resto a carezzarmi i capelli tanto sono morbidi." Per mostrargli come faceva si passò le dita sopra il capo. "C'è della gente che ha i capelli ruvidi," disse compiacendosi. "Curley, per esempio. Ha i capelli come fil di ferro. Ma i miei sono morbidi e fini. Però li spazzolo molto. Li rende morbidi. Qua... sentite qua." Prese a Lennie la mano e se la pose sul capo. "Toccate in questo punto e sentirete come sono morbidi."

Le grosse dita di Lennie presero a lisciarle i capelli.

"Non spettinatemi," disse la ragazza.

Lennie disse: "Oh, che bello," e lisciava piú forte. "Che bello."

"State attento, su: mi spettinate." Poi esclamò incollerita: "Ora basta, mi spettinate tutta." Trasse da parte il capo e le dita di Lennie si serrarono su quei capelli risolute. "Lasciate," gridò la ragazza. "Lasciatemi."

Lennie ebbe un istante di terrore. Il suo viso si contrasse. La ragazza urlava ora e la mano libera di Lennie le scese sulla bocca e sul naso. "No, vi prego," supplicava Lennie. "Vi prego, non fate cosí. George andrà in bestia."

La ragazza si dibatteva violentemente sotto le sue mani. Coi piedi pestava sul fieno e si torceva tutta per liberarsi; da sotto la mano di Lennie uscí un urlo soffocato. Lennie cominciò a gemere dalla paura: "Vi prego, non fate cosí," supplicava. "George dirà che ho fatto un grosso guaio. Non mi lascerà piú accudire ai conigli." Sollevò un po' la mano e uscí un grido roco di lei. Allora Lennie s'incollerí: "Non gridate," disse. "Non voglio che gridiate. Mi metterete nei guai, l'ha detto George. Su, non gridate." E la ragazza non smetteva di dibattersi e aveva gli occhi folli dal terrore. Lennie allora prese a sbatacchiarla, nella sua collera. "Non strillate, vi dico," le disse e la squassava; e quel corpo guizzò come quello d'un pesce. Poi ricadde immobile, perché Lennie le aveva spezzato il collo.

Lennie abbassò gli occhi su di lei e con cura staccò la mano che le teneva ancora sulla bocca; la ragazza giaceva immobile. "Non voglio farvi del male," le disse, "ma George andrà in bestia se voi strillate." Quando lei non rispose né si mosse, Lennie si curvò a guardarla da vicino. Le sollevò un braccio e lo lasciò ricadere. Per un istante parve sbalordito. Poi sussurrò nello spavento: "Ho fatto un guaio. Ho fatto un altro guaio."

Menò zampate nel fieno fin che in parte non l'ebbe ricoperta.

Dall'esterno venne un vocío d'uomini e un doppio squillo di ferri contro il metallo. Per la prima volta Lennie divenne conscio di quel che accadeva fuori. Si accosciò sul fieno e tese l'orecchio. "Ho fatto un guaio davvero," disse ."Non avrei dovuto farlo. George andrà in bestia. E... mi diceva... scappare a nascondermi nella macchia finché verrà lui. Andrà in bestia. Nella macchia finché verrà lui. Mi diceva cosí." Lennie si rivolse e guardò la ragazza morta. Accanto era buttato il cucciolo. Lennie lo raccattò. "Lo getterò via," disse: "È già un guaio grosso cosí." Si ficcò il cucciolo sotto la giacca e venne a quattro zampe alla parete, donde spiò per le fessure alla volta dei giocatori. Poi si mosse strisciando fino all'estremità dell'ultima mangiatoia e scomparve.

Le strisce di sole erano ormai alte sulla parete,

e nel fienile la luce si attenuava. La moglie di Curley giaceva supina, semicoperta di fieno.

Era tutto tranquillo nel fienile e la quiete del meriggio regnava sul *ranch*. Persino lo squillo dei ferri lanciati, persino le voci degli uomini nel gioco parevano farsi piú tranquilli. L'aria nel fienile era imbrunita prima della luce esterna. Entrò a volo un colombo per il portone spalancato e roteò e svolò fuori. Da intorno all'ultimo stallo sbucò una cagna da pastore, lunga e smagrita, dalle grevi mammelle penzolanti. A metà strada dalla cassetta dov'erano i cuccioli, le giunse il sentore della moglie di Curley morta, e sulla schiena le si aderse il pelo. Venne guaiolando e appiattendosi alla cassetta, e saltò dentro, fra i cuccioli.

La moglie di Curley giaceva semicoperta dal fieno giallo. E la cattiveria, le voglie, lo scontento e l'ansia di esser notata, tutto era scomparso dal suo viso. Era tutta graziosa e semplice, e il suo viso era giovane e dolce. Ora le guance imbellettate e le labbra dipinte le davano una parvenza di vita, come dormisse leggermente. I riccioli, piccoli salsicciotti minuscoli, erano sparsi sul fieno intorno al capo, e le sue labbra, dischiuse.

Come talvolta avviene, un attimo discese e si librò e durò molto piú che un attimo. E il suono tacque e il movimento tacque, per molto molto piú che un attimo.

Poi gradualmente il tempo si ridestò e riprese a trascorrere lento. I cavalli scalpitarono dall'altra parte delle rastrelliere e le catene tintinnarono. All'esterno, le voci degli uomini si fecero piú forti e piú chiare.

Da dietro l'estremità dell'ultimo stallo giunse la voce del vecchio Candy. "Lennie," chiamò. "Oh,

Lennie. Siete qui? Ho ancora fatto i conti. Vi dirò quel che potremo fare, Lennie." Il vecchio Candy apparve all'estremità dell'ultimo stallo. "Oh Lennie," chiamò ancora; e qui s'arrestò irrigidendosi. Si stropicciò il polso sulla gota coperta di stoppia bianca. "Non sapevo che c'eravate voi," disse alla moglie di Curley.

Non avendo risposta, fece un altro passo. "Non dovreste dormire qui in giro," disse disapprovando; ma le fu accanto: "Oh, Signore Iddio." Si guardò intorno disperatamente, e si stropicciò la barba. Poi saltò in piedi e uscí in furia dal fienile.

Ma il fienile era tutto animato ora. I cavalli pestavano i piedi e sbuffavano, e masticavano la paglia delle loro lettiere e facevano cozzare le catene delle cavezze. Un istante dopo Candy era di ritorno, e con lui, George.

Disse George: "Per che motivo volevate vedermi?"

Candy tese il dito alla moglie di Curley. George sbarrò gli occhi. "Che le è successo?", chiese. Venne vicino, e allora rieccheggiò la parola di Candy: "Oh, Signore Iddio!" Cadde in ginocchio accanto a quel corpo. Le poggiò la mano sul cuore. E alla fine, quando si rialzò adagio e irrigidito, aveva un viso duro e contratto come il legno, e gli occhi duri.

Candy disse: "Chi è stato?"

George lo fissò freddamente. "Non avete nessun'idea?", chiese. E Candy tacque. "Avrei dovuto prevederlo," disse George disperato. "E mi pareva, in fondo al cervello, di saperlo."

Candy domandò: "E adesso che cosa facciamo, George? Che cosa facciamo?"

George stette a lungo a rispondere. "Credo... dovremo avvertire gli... altri. Credo che dovremo catturarlo e rinchiuderlo. Non possiamo lasciarlo scappare. Morirebbe di fame, quel disgraziato." E tentò di darsi sicurezza. "Può darsi che lo rinchiudano e lo trattino bene."

Ma Candy disse in orgasmo: "Dobbiamo lasciarlo scappare. Voi non conoscete Curley. Curley vorrà a tutti i costi linciarlo. Curley lo farà uccidere."

George studiò le labbra di Candy. "Già," disse infine, "avete ragione, cosí farà Curley. E anche gli altri." E guardò un'altra volta la moglie di Curley.

Poi Candy disse il suo massimo timore. "Voi ed io potremo prendere quel terreno, vero, George? Voi ed io potremo andare a vivere come si deve, laggiú, no, George? Potremo?"

Prima che George rispondesse, Candy abbandonò il capo e guardò abbasso, nel fieno. Sapeva già.

George disse sommesso: "... Credo che lo sapevo fin da principio. Lo sapevo che non ci saremmo mai arrivati. A lui piaceva tanto sentirne parlare che anch'io ho creduto fosse possibile."

"Allora... tutto è finito?", disse Candy costernato.

George non rispose alla domanda. George disse: "Lavorerò tutto il mese e prenderò i miei cinquanta dollari e passerò tutta la notte in qualche lurido casino. O resterò a far la partita, finché l'ultimo non ritorna a casa. E allora tornerò, lavorerò un altro mese e guadagnerò altri cinquanta dollari."

Candy disse: "È un ragazzo cosí buono. Non avrei mai creduto che avrebbe fatto una cosa simile."

George fissava sempre la moglie di Curley. "Lennie non l'ha fatto per cattiveria," disse. "Non ha mai smesso di ficcarsi nei guai, ma neanche una volta l'ha fatto perché fosse cattivo." Si raddrizzò e si volse a Candy. "Ora sentite. Dobbiamo avvertire gli altri. Bisogna che l'acchiappino, immagino. Non sono lontani. Forse non gli faranno del male." Disse seccamente: "Non permetterò che facciano del male a Lennie. Ora sentite. Quelli potrebbero credere che c'ero anch'io. Io me ne vado nella baracca. E voi, un momento dopo, uscite di qui e lo dite agli altri, e arriverò anch'io e fingerò che non sapevo niente. Volete far questo? Cosí gli altri non penseranno che ci fossi anch'io."

Candy rispose: "Sicuro, George. Lo farò, sicuro."

"Va bene. Lasciatemi allora un paio di minuti, e poi correte fuori e raccontate come l'avete trovata. Io adesso vado." George si volse e uscí in fretta dal fienile.

Il vecchio Candy lo seguí con lo sguardo. Poi rifisse gli occhi disperato sulla moglie di Curley e gradatamente il suo dolore e la sua rabbia si fecero parola. "Maledetta strega," disse inferocito. "Ci sei riuscita, eh? Sarai contenta adesso. Lo sapevamo tutti che avresti fatto un guaio. Non eri niente di buono. E nemmeno adesso sei qualcosa di buono, sporcacciona." Si mise a frignare e gli tremò la voce. "Avrei potuto zappare nell'orto e lavare i piatti a quei due." Si arrestò e poi riprese come in cantilena, ripetendo le parole di una volta: "Se veniva un circo o una sfida al pallone... noi ci potevamo andare... dicevamo soltanto: 'Al diavolo il lavoro', e ci potevamo andare. Nessun permesso da chiedere a nessuno. E avremmo avuto il maiale e le galline... e d'inverno la stufetta con la pancia... e veniva la pioggia... e noi seduti al riparo." Lo accecarono le lacrime: si volse e uscí penosamente dal fienile, e si strofinava le gote irsute col moncherino del polso.

All'esterno il frastuono del gioco cessò. Ci fu uno scoppio di voci interroganti, un calpestío di corsa e gli uomini irruppero nel fienile. Slim, Carlson, il giovane Whit, Curley; e Crooks che si teneva indietro, fuori portata. Dopo tutti loro, entrò Candy, e buon ultimo, George. George s'era messa e abbottonata la giacca turchina di tela, e aveva il cappello nero calcato sugli occhi. Gli uomini fecero di corsa il giro dell'ultimo stallo. Gli occhi incontrarono la moglie di Curley nel buio: tutti s'arrestarono immobili e guardavano.

Poi Slim le venne pacatamente vicino, si chinò e le tastò il polso. Un dito scarno toccò quella guancia, poi la mano s'insinuò sotto il collo lievemente torto e le dita esplorarono la nuca. Quando Slim si rialzò, tutti si accalcarono intorno. L'incanto era rotto.

Curley si svegliò repentinamente. "So chi è stato," gridò. "Quel grosso mascalzone è stato. Lo so. Perché... tutti gli altri erano fuori che giocavano." Montava sulle furie. "Ma lo voglio acchiappare. Vado a prendere il fucile. Ucciderò con le mie mani quel mascalzone. Gli sparerò nella pancia. Venite, voialtri." Si precipitò infuriato fuori del fienile. Carlson disse: "Vado a prendere la Luger," e corse fuori anche lui.

Slim si volse calmo a George. "Credo sí, che sia stato Lennie," disse. "Ha il collo spezzato. E Lennie era in grado di farlo."

George non rispose, ma annuí adagio. Aveva il cappello cosí calcato sulla fronte che gli occhi scomparivano.

Slim proseguí: "Come quella volta a Weed, probabilmente, che mi dicevate."

George annuí una seconda volta.

Slim trasse un sospiro. "Allora, credo che bisognerà prenderlo. Da che parte credete sia scappato?"

Parve che ci volesse del tempo a George per districare i suoi pensieri. "Deve essere andato a sud," disse. "Venivamo dal nord, perciò dev'essere andato a sud."

"Credo che bisognerà prenderlo," ripeté Slim.

George gli venne accanto. "Non sarà possibile catturarlo e che poi lo tengano sotto chiave? È un folle, Slim. Non l'ha fatto per cattiveria."

Slim abbassò il capo. "Si potrebbe," disse. "Se fosse possibile trattenere Curley, si potrebbe. Ma Curley vorrà sparargli. Curley ha ancora la rabbia per la mano. E se lo mettessero sotto chiave e lo legassero e chiudessero in una gabbia? Non sarebbe poi tanto bello, George."

"Lo so," disse George, "Lo so."

Entrò Carlson di corsa. "Quel lazzarone mi ha rubato la Luger," vociò. "Non c'è piú nel sacco." Curley gli veniva dietro e stringeva nella mano sana un fucile da caccia. Curley era adesso padrone di sé.

"Bene, ragazzi," disse. "Il negro ha un fucile. Prendetelo, Carlson. E quando lo vedete, non dategli quartiere. Sparategli nella pancia. Lo spezzerà in due."

Whit disse eccitato: "Io non ho fucile."

Curley disse: "Voi correte a Soledad a cercare un poliziotto. Prendete Al Wilts, è il vice-sceriffo. E ora andiamo." Si girò sospettosamente in cerca di George. "Voi venite con noialtri, caro mio."

"Sí," disse George. "Verrò. Ma sentitemi, Curley. Quel disgraziato è folle. Non sparategli. Non sapeva quello che faceva."

"Non spargli?", gridò Curley. "Se ha preso la pistola di Carlson. Certo che gli spareremo."

George disse fioco: "La pistola l'ha perduta Carlson, magari."

"L'ho veduta ancora stamattina," disse Carlson. "No, è stata presa."

Slim si soffermò a guardare la moglie di Curley. Disse: "Curley... fareste bene a stare qui con vostra moglie, voi."

Il viso di Curley divampò: "Vengo anch'io," disse. "Voglio forargli le budella io, a quel lazzarone, anche se non ho che una mano. Lo voglio prendere."

Slim si volse a Candy. "State qui con lei voi, Candy, allora. Noialtri sarà meglio che andiamo."

Si mossero. George si fermò un istante presso Candy e tutti e due abbassarono gli occhi sul cadavere della ragazza, fin che Curley non gridò: "Voi, George! State con noi se non volete che pensiamo che c'entrate in questa storia."

George si mosse adagio dietro a loro. I suoi piedi si trascinavano a fatica.

E una volta che furono andati, Candy si accoccolò nel fieno e osservò il viso della moglie di Curley. "Poverina," disse sommesso.

Il rumore degli uomini affievolí in distanza. Il fienile a poco a poco s'oscurava e, nei loro stalli, i cavalli scalpitavano, e scuotevano le catene delle cavezze. Il vecchio Candy si distese nel fieno e si coprí gli occhi col braccio.

PARTE SESTA

La profonda pozza verde del Salinas giaceva placida nel tardo pomeriggio. Già il sole aveva abbandonata la valle per arrampicarsi su per le coste dei monti Gabilan e le cime dei colli erano rosee nel sole. Ma presso la pozza, fra gli screziati sicomori, era calata una gradevole penombra.

Una biscia d'acqua scivolò uguale sulla verde superficie, torcendo da ogni parte la testa come un periscopio; nuotò per tutta la lunghezza della pozza e arrivò tra le gambe di un immobile airone piantato sul bassofondo. Una testa e un becco silenziosi saettarono all'ingiú e pescarono la piccola biscia per la testa: il becco la trangugiò, che la cosa si dibatteva frenetica.

Un lontano muggito di vento risonò e una folata sprofondò come un'onda attraverso le vette degli alberi. Le foglie di sicomoro scoprirono la loro faccia argentea; e le foglie brune e secche al suolo balzarono di qualche metro. A una a una, ondicelle di vento trascorsero sulla verde superficie della pozza.

Altrettanto repentinamente com'era nato, il vento cadde, e la radura fu nuovamente tranquilla. L'airone era dritto sul bassofondo, immobile e in attesa.

Un'altra piccola biscia d'acqua nuotò attraverso la pozza, voltando da ogni parte la testa come un periscopio.

D'un tratto Lennie emerse dalla macchia e venne avanti altrettanto silenziosamente come si muove un orso che striscia. L'airone batté l'aria con le ali, si strappò dall'acqua e prese il volo a valle del fiume. La piccola biscia guizzò fra i giunchi della riva.

Lennie venne chetamente alla sponda della pozza. Vi s'inginocchiò e bevve, sfiorando appena con le labbra l'acqua. Quando un uccellino saltellò sulle foglie secche alle sue spalle, volse il capo di scatto e aguzzò gli occhi e le orecchie alla volta del suono finché non vide l'uccellino; allora riabbassò il capo e tornò a bere.

Una volta finito, si sedette sulla riva, col fianco alla pozza, in modo da poter sorvegliare lo sbocco del sentiero. Si abbracciò le ginocchia e vi poggiò sopra il mento.

La luce usciva, strisciando, dalla vallata e via via le vette delle montagne parevano divampare nel crescente fulgore.

Lennie disse sommesso: "Non mi sono dimenticato, accidenti, proprio no. Nascondermi nella macchia e aspettare George." Si tirò il cappello sugli occhi. "George me la darà lui," disse. "George mi dirà che se fosse solo e non avesse me che lo secco, sarebbe felice." Volse il capo e guardò le vette avvampanti. "Potrei andare lassú e cercarmi una grotta," disse. E continuò rattristato: "... non avrei piú la salsa, ma non importa. Se George non mi vuole... io vado via. Vado via."

Fu allora che uscí dal capo di Lennie una vecchietta piccola e grassa. Aveva occhialoni tondi e spessi, e indossava un lungo grembiale a righe, con tasche;

era tutta linda e inamidata. Si fermò davanti a Lennie e si piantò le mani sui fianchi e corrugò le ciglia in segno di disapprovazione.

Quando parlò, fu con la voce di Lennie: "Te l'ho detto tante volte," disse. "Te l'ho detto! Ascolta George, perché lui è cosí buono e ti vuol bene. Ma tu non stai nemmeno a sentire. Fai soltanto dei guai."

E Lennie le disse: "Ho provato, 'gnora zia Clara. Ho provato tanto. Non ci sono riuscito."

"Tu non pensi mai nemmeno una volta a George," continuò la vecchia con la voce di Lennie. "Lui non finisce mai di farti dei piaceri. Quando aveva un pezzo di torta, te ne dava sempre metà, o piú della metà. E se c'era della salsa, allora te la dava tutta quanta."

"Lo so," disse Lennie sconsolatamente. "Ho provato, 'gnora zia Clara. Ho provato tanto."

La vecchia lo interruppe: "Quante volte avrebbe potuto godersela un mondo, se non ci fossi stato tu. Avrebbe preso il suo mese e fatto festa in una casa e sarebbe andato all'osteria a giocare al biliardo. Invece deve pensare a te."

Lennie gemette dall'angoscia. "Lo so, 'gnora zia Clara. Vado subito sulla collina e mi troverò una grotta e ci resterò, per non dare piú delle noie a George."

"Lo dici soltanto," ribatté la vecchia, secca. "Lo dici tutte le volte, ma sai anche tu benissimo che non lo farai mai. Gli starai sempre intorno e gli strapperai le bestemmie, a quel povero George, dal principio alla fine." Lennie disse: "Posso andarmene questa volta: tanto è lo stesso. George non mi lascerà piú accudire ai conigli."

Sparí zia Clara e dal capo di Lennie uscí un coniglio gigantesco. Gli si piantò seduto davanti e dimenava le orecchie e gli arricciava il naso contro. Anch'esso parlò con la voce di Lennie.

"Accudire ai conigli," diceva beffardo. "Povero scemo! Tu non sei nemmeno capace di leccargli le zampe ai conigli. Te li dimenticheresti e li lasceresti morire di fame. In questo modo faresti. E allora che cosa direbbe George?"

"*Non* li dimenticherei," rispose Lennie a gran voce.

"Cribbio se li dimenticheresti," disse il coniglio. "Non vali nemmeno la stanga sporca che ci vorrebbe per cacciarti all'inferno, tu. Sa il cielo che George ha fatto tutto il possibile per levarti dalla strada, ma non è servito a nulla. Se credi che George ti lascerà accudire ai conigli, sei ancora piú stupido del solito. Non ti lascerà. Te ne darà quante ne puoi portare, con un bastone, questo sí."

Lennie stavolta ribatté pugnace: "Non è vero, George non farà una cosa simile. Conosco George da... non ricordo piú quanto... e non mi ha mai levato un bastone addosso. Mi tratta bene, lui. E non sarà cattivo."

"Questa volta, ne ha abbastanza di te," disse il coniglio. "Te ne darà quante ne puoi portare e poi se ne andrà e ti pianterà."

"Non andrà," gridò Lennie fuori di sé. "Non farà una cosa simile. Io conosco George. Viaggiamo insieme, noi."

Ma il coniglio non smetteva di ripetere sommesso: "Ti pianterà, brutto scemo. Ti pianterà da solo. Ti pianterà, brutto scemo."

Lennie si cacciò le mani sulle orecchie. "No, che non è vero, ti dico che non è vero!" E urlò: "George... George... George!"

Tranquillamente George uscí dalla macchia e il coniglio rientrò rapido nella testa di Lennie.

George disse pacato: "Che cos'hai da gridare?"

Lennie si alzò sulle ginocchia. "Non mi pianterai, vero, George? So che non mi pianterai."

George gli venne asciuttamente accanto e si sedette al suo fianco. "No."

"Lo sapevo," gridò Lennie. "Tu non sei di quelli."

George taceva.

Disse Lennie: "George?"

"Eh?"

"Ho fatto un altro guaio."

"Non ha importanza," disse George e tacque un'altra volta.

Ormai non prendevano piú il sole se non gli estremi profili della montagna. L'ombra nella vallata era morbida e azzurra. Da lontano giunse il rumore di uomini che si chiamavano a urlacci. George volse il capo e ascoltò le voci.

Lennie disse: "George?"

"Eh?"

"Non vai in bestia con me?"

"In bestia?"

"Sí come facevi altre volte. Cosí: 'Se io fossi solo, piglierei i miei cinquanta dollari...'."

"Sangue di dio, Lennie! Non ti ricordi quello che succede e ti ricordi quello che dico, parola per parola."

"E allora, non vai in bestia?"

George si riscosse. Disse, senza espressione: "Se fossi solo, potrei vivere cosí bene." La sua voce era monotona, priva d'enfasi. "Potrei trovare un lavoro e non avere seccature." Tacque.

"Di' ancora," riprese Lennie. "E, arrivata la fine del mese..."

"È arrivata la fine del mese, prenderei i miei cinquanta dollari e via dentro... una casa..." Si fermò un'altra volta.

Lennie lo guardò fervidamente. "Di' ancora, George. Non vai piú in bestia?"

"No," disse George.

"Allora posso andarmene," disse Lennie. "Andrò sulla collina e troverò una grotta, se non mi vuoi piú."

George si riscosse un'altra volta. "No," disse. "Voglio che tu stia qui con me."

Lennie disse con scaltrezza: "Allora dimmi come dicevi prima."

"Dimmi cosa?"

"Come sono gli altri e come siamo noi."

George disse: "Gente come noi non ha famiglia. Raccolgono una paga e poi la sprecano. Non hanno nessuno al mondo che gli importi di loro..."

"*Ma noi no*," gridò Lennie felice. "Di' come siamo noi, ora."

George tacque un istante. "Ma noi no," disse.

"Perché..."

"Perché io ho te e..."

"E io ho te. Ci siamo tutti e due, e c'importa qualcosa di noi, ecco perché," gridò Lennie trionfalmente.

La brezzolina serotina spirava nella radura e le foglie stormivano e le ondicelle del vento trascorrevano sulla pozza verde. E di nuovo echeggiarono gli urli degli uomini, stavolta piú vicini di prima.

George si tolse il cappello. Disse con voce malferma: "Posa il cappello, Lennie. Si sta bene all'arietta."

Lennie si tolse il cappello, ubbidiente, e se lo posò davanti, per terra. L'ombra nella vallata era piú

azzurra e la sera cadeva rapida. Giunse loro sul vento un rumore di schianti dalla macchia.
Lennie disse: "Dimmi come sarà un giorno."
George era stato in ascolto dei rumori lontani. Per un istante apparve preoccupato. "Guarda verso l'altra riva, Lennie, e io te lo dirò, che ce l'avrai davanti agli occhi."
Lennie girò il capo e guardò di là dalla pozza e su per le coste oscurate dei Gabilan. "Avremo un pezzetto di terra," cominciò George. Ficcò la mano nella tasca della giacca e tirò fuori la Luger di Carlson; liberò di scatto la sicurezza, e posò mano e pistola per terra, dietro la schiena di Lennie. Guardò Lennie alla nuca, nel punto dove la spina e il cranio si congiungono.
Una voce d'uomo chiamò a monte del fiume, e un altro rispose.
"Di' ancora," fece Lennie.
George alzò la pistola e gli tremava la mano; lasciò ricadere la mano a terra.
"Di' ancora," disse Lennie. "Come sarà un giorno. Avremo un pezzetto di terra."
"Avremo una mucca," riprese George. "Forse avremo il maiale e le galline... e in fondo alla piana avremo... un pezzo di alfalfa..."
"Per i conigli," urlò Lennie.
"Per i conigli," ripeté George.
"E io potrò accudire ai conigli."
"Tu potrai accudire ai conigli."
Lennie gongolò dalla felicità. "E vivremo del grasso della terra."
"Sí."
Lennie volse il capo.
"No, Lennie. Guarda laggiú verso l'altra riva, come se ce l'avessi davanti agli occhi."

Lennie obbedí. George abbassò lo sguardo alla pistola.

Vennero schianti di passi dalla macchia. George si volse e fissò gli occhi da quella parte.

"Di' ancora, George. Quando l'avremo?"

"L'avremo presto."

"Io e te."

"Tu... ed io. Tutti ti tratteranno bene. Non ci saranno piú guai. Piú nessuno farà del male agli altri o li deruberà."

Disse Lennie: "Credevo che ce l'avessi con me, George."

"No," disse George. "No, Lennie. Non ce l'ho con te. Non ce l'ho mai avuta, e non ce l'ho ora. Voglio che tu lo sappia, Lennie."

Le voci s'accostavano sempre piú. George sollevò la pistola e ascoltò quelle voci.

Lennie pregava: "Facciamolo subito. Andiamoci adesso in quel posto."

"Sta' certo, subito. Certo. Ci andremo."

E George alzò la pistola, la tenne ferma, e ne puntò la bocca proprio sotto la nuca di Lennie. La mano gli tremava orribilmente, ma il viso si distese e la mano si fermò. Premé il grilletto. Lo schianto del colpo echeggiò fra le colline e si spense rimbalzando. Lennie ebbe uno scossone e poi s'abbandonò innanzi adagio sulla sabbia, dove giacque senza un tremito.

George rabbrividí e guardò la pistola e la gettò lontano dietro, su per la sponda, presso il mucchio di cenere vecchia.

La macchia parve riempirsi di grida e dello scalpiccío di piedi in corsa. Scoppiò la voce di Slim: "George. Dove siete, George?"

Ma George sedeva irrigidito sulla riva e si guardava la mano destra con cui aveva gettata la pistola. Il gruppo irruppe nella radura e Curley era in testa. Vide Lennie disteso sulla sabbia. "Preso, perdio." Gli venne sopra e lo guardò, poi volse il capo a George. "Giusto dietro la testa," disse piano.

Slim venne direttamente alla volta di George e gli sedette accanto, si sedette stretto a lui. "Non bisogna pensarci," disse Slim. "Qualche volta bisogna far così."

Ma Carlson era in piedi davanti a George.

"Come avete fatto?", chiese.

"L'ho fatto," rispose George straccamente.

"Aveva la mia pistola?"

"Sí, aveva la vostra pistola."

"E voi gliel'avete portata via e l'avete presa e gli avete sparato?"

"Sí. È stato così." La voce di George non era piú che un sussurro. Si guardava fissamente la mano destra che aveva tenuto la pistola.

Slim tirò a George il gomito. "Venite, George. Io e voi, andremo a bere un bicchiere."

George si lasciò aiutare a rialzarsi. "Sicuro, un bicchiere."

Disse Slim: "Dovevate, George. Vi giuro che dovevate. Venite con me." Guidò George allo sbocco del sentiero e oltre, verso lo stradale.

Curley e Carlson li guardarono andarsene. E Carlson disse: "Che cribbio hanno secondo voi quei due?"

John Steinbeck

John Steinbeck è uno tra i più tipici, oltre che tra i più forti, narratori americani. Specchio di un certo tipo di società americana, con tutte le implicazioni sociologiche che le sue pagine comportano, si addentra spesso nella vita degli umili, dei diseredati, con una partecipazione diretta, nata dalle dure esperienze attraversate prima di giungere alla letteratura.

Nato in California nel 1902, Steinbeck ha compiuto studi irregolari, e, come molti scrittori della sua generazione, ha esercitato i mestieri più disparati, dal pescatore al bracciante, all'impiegato, al giornalista. Aveva già al suo attivo un paio di romanzi — *La santa rossa* e *Al dio sconosciuto* — quando un critico, nel 1934, si accorse del suo talento portando al successo il lungo racconto *Pian della Tortilla* (1935).

Già qui emerge quella simpatia e solidarietà per il mondo contadino, in cui ansia di libertà e di giustizia sociale si sovrappongono, che ritroveremo in opere di maggiore impegno come *Uomini e topi* e *Furore*.

La battaglia (1936) precede di poco *Uomini e topi* (1937), vincitore del Premio Pulitzer, lungo racconto che ancora una volta ha per protagonisti due diseredati, due uomini che tuttavia non accettano l'umiliazione, e riscattano la loro condizione in un sentimento preciso di libertà.

Del 1939 è il romanzo ritenuto il suo capolavoro, *Furore*. Durante la guerra pubblica un libro ispirato alla resistenza norvegese, *La luna tramonta* (1942), poi, nel 1945, ritorna agli ambienti e all'humour di *Pian della Tortilla* con *Vicolo Cannery*, che può essere considerato anche un annuncio della letteratura della *beat generation*, sbocciata molti anni più tardi.

La campagna californiana è protagonista anche della *Corriera stravagante* (1947), quasi contemporaneo di *La perla* (1947).

Ultimo grande romanzo *La valle dell'Eden* (1952). Molti sono anche i volumi di racconti.

La fortuna di Steinbeck non ha conosciuto frontiere. Sulle strutture del romanzo naturalistico i temi sociali hanno impresso spesso un'impronta di dura e aspra polemica, con l'efficacia di un realismo tutto americano. La lotta tra ricchi e poveri domina ogni vicenda, rispecchiando un impegno che trova riscontro solo nelle opere di Dos Passos e pochi altri.

Durante l'ultima guerra mondiale Steinbeck era stato corrispondente di un quotidiano in Inghilterra e nel Mediterraneo. Morì nel 1968.

"*Uomini e topi*, con il titolo derivato da Robert Burns, propone di per sé una interpretazione emblematica. Rimanda innanzitutto esplicitamente alla nozione di umanità spossessata ma non umiliata, al contadino povero ma indipendente peculiare del poeta scozzese, che Steinbeck aveva affrontato in *Pian della Tortilla*, al commercio con le forze surreali della natura. I versi di Burns da cui il titolo è ricavato accennano ai piani architettati da uomini e da topi che spesso sortiscono cattivo esito, e invece della gioia promessa recano null'altro che dolore e sofferenza. Il mistero dell'esistenza e l'imprevedibilità delle forze che lo governano si ricollocano dunque al centro del ristretto universo di Steinbeck, investendo la coppia Lennie-George, protagonisti di una favola ossessiva e limacciosa, condotta sullo schema di una delineazione tipologica (l'onesta animalità di Lennie; l'intelligenza dolorosa di George; il sogno di libertà di entrambi; la irredimibile e crudele alienazione del negro Crook vittima del pregiudizio razziale; la perversa sessualità della satanica tentatrice, la moglie di Curley, che morirà per mano dell'unico vero innocente, Lennie) che ha indotto qualche critico a considerarla un modello di storia biblica con la dialettica Lennie Adamo-femmina Curley Eva."

CLAUDIO GORLIER

Bompiani ha raccolto l'invito della campagna
"Scrittori per le foreste" promossa da Greenpeace.
Questo libro è stampato su carta riciclata senza cloro
e non ha comportato il taglio di un solo albero.
Per maggiori informazioni: http://www.greenpeace.it/scrittori/

I GRANDI Tascabili Bompiani
Periodico quindicinale anno XVIII numero 258
Registr. Tribunale di Milano n.133 del 2/4/1976
Direttore responsabile: Elisabetta Sgarbi
Finito di stampare nel mese di aprile 2007 presso
Legatoria del Sud - via Cancelliera 40, Ariccia (RM)
Printed in Italy

ISBN 978-88-452-5008-8